趣味學古文

先秦·秦漢篇

馬星原 圖　方舒眉 文

商務印書館

趣味學古文（先秦·秦漢篇）

作　　者：馬星原　方舒眉

責任編輯：鄒淑樺

封面設計：黎奇文

出　　版：商務印書館（香港）有限公司

香港筲箕灣耀興道 3 號東匯廣場 8 樓

hppt://www.commercialpress.com.hk

發　　行：香港聯合書刊物流有限公司

香港新界大埔汀麗路 36 號中華商務印刷大廈 3 字樓

印　　刷：中華商務彩色印刷有限公司

香港新界大埔汀麗路 36 號中華商務印刷大廈 14 字樓

版　　次：2020 年 7 月第 1 版第 2 次印刷

ISBN 978 962 07 4558 4

Printed in Hong Kong

目錄

泛舟浩瀚書海　承傳古文之美

導讀之書，不求鞭辟入裏之理論闡發，不務廣大精微之學問追求。旨在以能如嚮導，透過交通工具，帶引有志於旅遊學問名勝之愛讀書人，登山臨水，尋幽探勝；漫步書山大路，泛舟浩瀚書海，無跋涉長途之苦，而有賞覽風光美景之樂。

馬星原與方舒眉伉儷合作編著之《趣味學古文・先秦・秦漢篇》，所選之文章皆先秦詩文名篇；書中導讀文字，着重深入淺出，寓文意於鮮明有趣插圖中，內容有如文章嚮導，引領讀者悠然徜徉其中，而自得其樂。

馬方伉儷在推廣中國歷史與文學知識方面，一向致力於「文字與插圖並重」方式，引導愛讀書年青人，寓讀書於娛樂，啟發年青人喜愛中國歷史與文學，進而作更深入追求，情誠用心，不懈努力，精神可嘉，故樂為之序。

葉玉樹　謹誌

前聖方濟中學中文科老師及訓導主任

二零一七年三月八日清晨

前言

我國文學瑰麗無比　古人智慧趣味傳承

在我的求學年代，小學已須讀古文。那時我和我的「同學仔」分成兩派，一派是怨聲載道，一派甘之如飴。而我屬於後者。

小時候不大懂得古文中的甚麼微言大義，只覺得古文音韻鏗鏘，用詞典雅，背起來也不覺困難。「怨聲載道」的一派當然不認同，只覺得古文讀來詰屈聱牙，用字又冷僻艱深，對其中文義不知所云！

中學時有幸遇上一位好老師，他就是今次為我寫序，廣受同學愛戴的葉玉樹老師。

葉老師教古文時，除了詳細解釋本文之外，更有很多典故趣事穿插其中，教書時又七情上面，手之舞之，足之蹈之，聽他講課，實在興味盎然。

到了大學時，因唸新聞系緣故，必須常常執筆寫文章，方知道多讀古文的好處，領悟到：若覺得古文枯燥，應不是古文本身，而是教的方法未能靈活變通引導。

有感於時下年青一代多視讀古文為畏途，故此嘗試以漫畫加導讀形式，讓學子可藉看圖知文意輕鬆學習。

環顧世界，並非每個國家，每個民族都有「古文」可供學習，身為中國人，慶幸傳承下來的文學瑰麗多姿，而古人智慧蘊藉宏富，大有勝於今人者，不好好學習，是莫大的損失。以古文導讀拋磚引玉，望能引起年青人讀古文興趣，盼識者不吝指正。

方舒眉

1 國風・關雎

《詩經》

《詩經》是中國第一部詩歌總集，收集了西周初年至春秋中葉的詩歌，共311篇，通稱「詩三百」，傳為孔子編訂。全集分《風》、《雅》、《頌》三部分。《風》是各地民歌；《雅》是宮廷樂歌；《頌》是宗廟祭祀的讚美詩。

本篇選自《國風・周南》，是周公旦封地的民歌。《關雎》是《詩經》的第一篇，古人把它放在三百篇之首，可見其重要性。

《關雎》的內容非常簡單，寫一位君子思念自己愛慕的淑女，希望與她成婚。「窈窕」非指身材，乃寫婦女之淑德。首四句，寫君子看到關關鳴叫的雎鳩，聯想到淑女是其理想的配偶。後則各用八句，寫君子求而不得的苦悶，和對淑女的思念追求，讀來真摯動人。

國風・關雎

關關雎鳩，
在河之洲。
窈窕淑女，
君子好逑。

關關叫聲的水鳥，棲息在河中沙洲。

窈窕（美麗）的未嫁少女，正是君子追求的好配偶。

國風・關雎

參差荇菜，
左右流之。
窈窕淑女，
寤寐求之。
求之不得，
寤寐思服。
悠哉悠哉，
輾轉反側。

參差的荇菜，左邊右邊撈來撈去。

窈窕淑女，醒來夢中都想着如何追求。
追求不到，醒來夢中都苦苦思念。
漫長的思念讓人睡覺也輾轉反側。

參差荇菜，
左右采之。
窈窕淑女，
琴瑟友之。
參差荇菜，
左右筆之。
窈窕淑女，
鐘鼓樂之。

參差荇菜，左邊右邊採之，
窈窕淑女，我彈奏琴瑟來傳
遞我的愛意。

參差荇菜，左邊右邊摘取，窈窕淑女，用鐘鼓禮樂去迎娶。

「關關雎鳩，在河之洲。窈窕淑女，君子好逑。」

「關關」，象聲詞，形容雌雄雎鳩的和聲。「雎鳩」，江邊的一種水鳥。

此句作為《詩經》第一章起首，因物起興，抒發君子對淑女的愛慕之情，奠定全首作品的感情基調。「興」是《詩經》三種主要表現手法之一：

「賦」

賦，即是把人的感情、思想及其有關的事物鋪陳直敘。在篇幅較長的詩作中，與排比結合在一起用，可以一氣貫注、加強語勢，還可以渲染某種環境氣氛和情緒。

「比」

比，即以彼物比此物。一般用來作比的事物更生動具體、形象鮮明，如《衛風· 碩人》描繪莊姜之美「手如柔荑，膚如凝脂，領如蝤蠐，齒如瓠犀，螓首蛾眉，巧笑倩兮，美目盼兮」。

「興」

興，即表象徵、聯想、靈感意。朱熹云：「興者，先言他物以引起所詠之詞也。」興可以兼比之意，從特徵上看，有直接起興、興中含比兩種情況；從使用上看，有篇頭起興和興起興結兩種形式，都能激發讀者的聯想，增強了意蘊，產生了形象鮮明、詩意盎然的藝術效果。如「關關雎鳩，在河之洲。」，主要寫君子因看到黃河洲渚上的一對對雌雄和鳴的雎鳩，聯想到君子淑女，靈感所發，有比喻色彩，稱為起興。

2
天尊地卑

《周易》

《天尊地卑》出自《周易》，又稱《易經》，是中國古代重要典籍，「四書五經」之一，作者已不可考。《易經》是曠世奇書，內容包羅宗教、哲學、天文、文學、藝術以至科學及數學（二進制）等等。

《天尊地卑》節錄自《周易・繫辭上》的第一章，主要說的是天地萬物的陰陽、動靜、剛柔、矛盾和變化，進而探討宇宙育化生命之奧妙——「鼓之以雷霆，潤之以風雨，日月運行，一寒一暑，乾道成男，坤道成女」。

幾千年前的古人，竟然已了解到雷電風雨等元素對生命的孕育之功。近代科學家對生命起源的解釋亦不外如是。

綜觀全文，言簡意賅。文章以四言為主，對偶句法，工整嚴謹，讀來聲韻鏗鏘，對後世的漢賦、駢文及詩歌等俱有影響。

天尊地卑

天尊地卑，乾坤定矣。卑高以陳，貴賤位矣。動靜有常，剛柔斷矣。方以類聚，物以羣分，吉凶生矣。

天在上為尊，
地在下為卑，
以天為乾、地為坤的性質就確定了。
由低至高的層級形成，
自下而上的貴賤位置就排好了。

萬事萬物，動靜皆有規律，可以用「剛」(陽爻)、「柔」(陰爻)來區分。

四方八面的物事，因相同而聚合，因不同而分開。吉、凶(得失、善惡、有無…)就產生了。

天尊地卑

在天成象，在地成形，變化見矣。是故剛柔相摩，八卦相盪，

天上有日月星辰的現象，地下有山川河嶽的形態，變化呈現於卦爻之中。

於是剛柔互相感應變化，

八卦在相互疊加、推移變動。

鼓之以雷霆，潤之以風雨。日月運行，一寒一暑，乾道成男，坤道成女，乾知大始，坤作成物。

以雷電鼓動生機
以風雨滋潤萬物

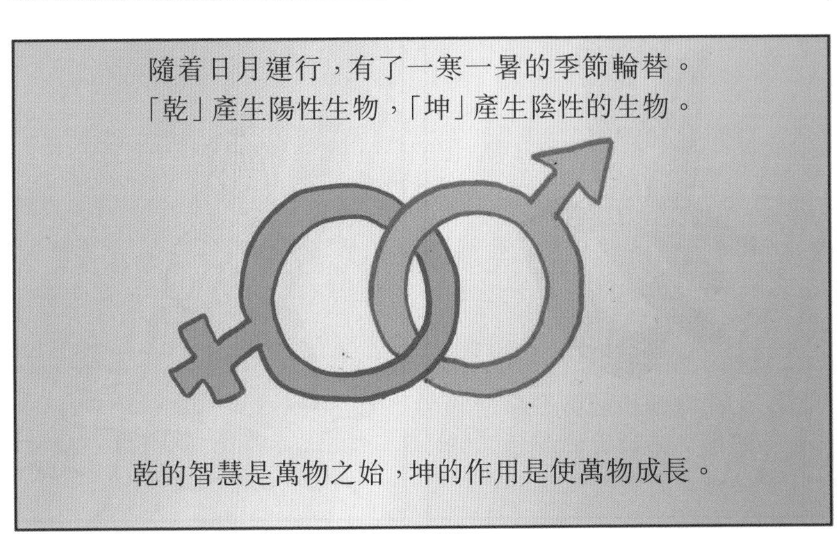
隨着日月運行，有了一寒一暑的季節輪替。
「乾」產生陽性生物，「坤」產生陰性的生物。
乾的智慧是萬物之始，坤的作用是使萬物成長。

天尊地卑

乾以易知，坤以簡能，易則易知，簡則易從。易知則有親，易從則有功，有親則可久，有功則可大。可久則賢人之德，可大則賢人之業。易簡而天下之理得矣，天下之理得而成位乎其中矣。

乾以平易知性為人周知，坤以簡單的方式見其化成萬物的能力。
我是乾卦
我是坤卦

容易就便於理解，簡單就易於遵從；易知則容易親近，易從則容易見功。有人親近則可以
易
持久，能見到功效則可發展壯大。能長久是賢人的美德，能壯大是賢人的志業。

懂得乾坤易簡的原理，就可以領悟天下一切事物的道理，天下之道理掌握了，就可以共參天地之造化矣！

「卑高以陳，貴賤位矣。動靜有常，剛柔斷矣。」

《天尊地卑》節錄自《周易・繫辭上》第一章，從哲學角度欣賞，本文建立了以「乾」、「坤」二卦為基礎的《易》學卦象思維的總綱，説明社會秩序的合理性，可見出作者所處時代的高水平哲學思想；從藝術角度品味，本文中的對偶句法頗有特色。

對偶的使用，使文章字句整飭工整、短小精悍，富於節奏感。如「卑高以陳」對「動靜有常」，「貴賤位矣」對「剛柔斷矣」，此為舊體詩對偶格式中的「扇對」，也稱「扇面對」，即第一句對第三句，第二句對第四句。扇對法在近體詩中較罕見，舊體詩中出現也不多。但《周易・繫辭》中對偶的使用，對後世漢賦、駢文的形式影響較為深遠。

3
周書・秦誓

《尚書》

《周書・秦誓》出自《尚書》，《尚書》是中國經典「四書五經」的「五經」之一，主要記載上古時代帝王之言行。由於歲月戰火，到了春秋時只殘存百餘篇，由孔子收集整理。

《周書・秦誓》是秦穆公的「罪己詔」，即立此存照告誡自己不要犯錯。起因是秦穆公不聽老臣勸諫，一意孤行用兵伐鄭，以至全軍覆沒。秦穆公迎回被俘將士，當眾發表了這篇自責的演講。

《秦誓》短小精悍，對比精彩，語言流暢自然，感情真摯。秦穆公吃了敗仗，沒有諉過於將士，一力承擔責任。這種態度令將士們徹底敬服，終於上下一心、發憤圖強取得最後勝利。

最後兩句：「邦之杌隉，曰由一人；邦之榮懷，亦尚一人之慶！」國家之危，是我用人不當的緣故；國家之繁榮安全，也是因為我用人之善。執政者實在需要有此虛懷若谷，一力承擔的道德勇氣。

公曰：「嗟！我士，聽無嘩！予誓告汝羣言之首。古人有言曰：『民訖自若，是多盤。』

秦穆公討伐鄭國失敗，還歸。
作《秦誓》。
唉！我的官員們，聽我講話不要喧嘩！
我有重要的説話要告訴你們！
古人有言：「人能順行善事可得大安樂，但若只認為自己所做的事都是對的，就會多出差錯。」

周書・秦誓

責人斯無難，惟受責俾如流，是惟艱哉！我心之憂，日月逾邁，若弗云來！惟古之謀人，則曰『未就予忌』；惟今之謀人，姑將以為親。

責備別人容易，被人責備而從善如流，就非常困難啊！
我心之憂，光陰流逝，不再回頭。

昔日之謀臣，曲意遷就我！
掃興！滾！

今日的謀臣，我卻視之為心腹親信。
主公英明！
哈哈！

雖則云然，尚猷詢茲黃髮，則罔所愆。番番良士，旅力既愆，我尚有之。仡仡勇夫，射御不違，我尚不欲。

雖有如此過失，以後我會多諮詢老臣，使不致犯錯。

蒼老的良士，體力已衰，我還是要親近的。

那些英威的勇夫，射箭、兵車之道嫻熟，但智慮淺近，我不想聽從他們的意見了。

周書・秦誓

惟截截善諞言，俾君子易辭，我皇多有之！昧昧我思之，如有一介臣，斷斷猗無他技，其心休休焉，其如有容。人之有技，若己有之。人之彥聖，其心好之，不啻若自其口出。是能容之，以保我子孫黎民，亦職有利哉！

那些花言巧語，誇誇其談使君子迷惑犯錯的人，我還會親近嗎？

我默默思量，如有一耿介之臣，他忠誠專一，雖
無其他本領……不過他心胸廣闊，能容納別人，故此別人的本領，就成為他擁有的本領。

別人的德行智慧，他真心喜歡，還宣之於口稱道宣揚，實在有容人之量。任命這樣的人來保障我的子孫百姓，是很有利的。

人之有技，冒疾以惡之。人之彥聖，而違之俾不達。是不能容，以不能保我子孫黎民，亦曰殆哉！邦之杌隉，曰由一人；邦之榮懷，亦尚一人之慶！」

若對別人的本領，只懂嫉妒厭惡，
文章寫的這麼好？！嫉妒！！
對別人的德行智慧，竭力阻撓，不讓君王知道。
我有一個利國利民之策請參詳……
一定會……
才怪！
想搶我飯碗嗎？

如此沒有容人之量，則不能保障我的子孫百姓，國家危矣！邦國之危，由於一人；邦國之榮，亦由於一人之善啊！

「周書」「秦誓」

《尚書》是中國上古史籍，亦是儒家的經典著作。但是幾經戰亂、歷史更迭，《尚書》的傳本、篇章已經殘缺散佚，難見原書面貌，原書始於何時已不可考，傳本的真偽也難辨。

現存唯一可見的《尚書》，孔傳《古文尚書》共有五十八篇，其中真古文佔三十三篇，偽古文二十五篇。真古文部分，參考周代史官記錄，又按時代分《虞書》、《夏書》、《商書》、《周書》四部分。其中《周書》有二十篇，以敘述周朝及其諸侯國的史實檔案為主，是全書最精彩的部分，通常認為此二十篇都是真實可靠的文獻。

《尚書》各篇文體有差異，大致分為以下六類：

1. 典，即可傳為後世典範的文獻，為後人追述，文字內容清晰淺易，如《堯典》、《舜典》。

2. 謨，即謀議文，如《皋陶謨》，篇幅短、文字易懂。

3. 訓，即教訓文，如《伊訓》，但是為偽古文不可考。

4. 誥，即君主對臣民的告喻，如《大誥》、《康誥》。因是口語記錄，言語瑣碎，比較生澀難懂。

5. 誓，是出征前誓師的文章，如《湯誓》、《泰誓》。但《秦誓》是戰敗之後，向臣民宣告的誓詞。

6. 命，即命令，如《文侯之命》，是君主對下臣的獎令。這類文章在《尚書》中並不多見。

4 禮記（節選）

大同與小康

《禮記》是「五經」中《禮》其中一部分，共有四十九篇，並非一人之作，各篇作者已不可考，大概為孔子弟子及其再傳、三傳弟子等所記，記述孔子對當時社會的一些感歎。《大同與小康》出自《禮記》。

某次，孔子參加完一個祭祀，在高台上歎息，弟子子游問何故。孔子就說，以前「大道」盛行時，是「天下為公」的。因此人們不只顧及家人，對他人也一樣善待，財物也不必擁有，工作不一定為了自己，有才能者必能施所長，盜竊害人的事情不會發生……總之，天下是屬於公眾的，那是個「大同社會」。

如今「大道」已隱沒，天下人只顧及自己的家，各親其親，各子其子。而貴族大人是世襲的，獎勵為自己立功的人，故陰謀詭計由此產生，兵災戰亂亦由此而起。幸有夏、商、周的賢君以「禮義」來行賞罰、施約束，才免於禍殃。這就是「小康」社會。

以孔子的觀點，當然是遠古「天下為公」的時代最好，但回不去了。所以夏、商、周的「小康」也算不錯。可是，春秋時已「禮崩樂壞」，孔子以「大同」與「小康」來說明社會每況愈下的情形，這就是他回應子游歎息的原因。

昔者，仲尼與於蜡賓，事畢，出遊於觀之上，喟然而歎。仲尼之歎，蓋歎魯也。言偃在側，曰：「君子何歎？」孔子曰：「大道之行也，與三代之英，丘未之逮也，而有志焉。

從前，孔子參加年終的祭祀，事畢，走到宮外的樓台上，喟然而歎……
唉！

弟子言偃（子游）陪侍在側，問道：
老師為何而歎氣呢？

大道施行的年代，以及夏、商、周三代的英明君主，我都雖未親見，但一直有這樣的志向！

禮記・大同與小康

大道之行也，天下為公：選賢與能，講信修睦。故人不獨親其親，不獨子其子；使老有所終，壯有所用，幼有所長，

大道施行的時候，天下為公！
選用賢德的人為大家辦事，講究信用，促進和睦。

所以每個人不僅只親愛自己的父母，不僅只愛護自己的子女……

還使社會上的老年人得享天年；壯年人能各盡其用貢獻社會；孩子們得到健康成長。

矜、寡、孤、獨、廢、疾者皆有所養；男有分，女有歸。

鰥夫、寡婦、孤兒和沒有子女供養的老人，以至殘疾、病弱者盡皆得到照顧。

男子有其職分，

女子都有其歸宿。

貨，惡其棄於地也，不必藏於己；力，惡其不出於身也，不必為己。是故謀閉而不興，盜竊亂賊而不作，故外戶而不閉。是謂『大同』。」

天地間的萬物（財貨），不會浪費而棄置地下，但也毋須佔為己有。
我用不着的東西，只管拿去！

人人在乎有否為社會大眾付出（力），而並非只為個人利益。

謀人之心不會興起，盜竊惡行不會去做，故此，人們連門戶也不用關閉，這就是大同世界！

「今大道既隱，天下為家；各親其親，各子其子；貨力為己；大人世及以為禮；城郭溝池以為固；

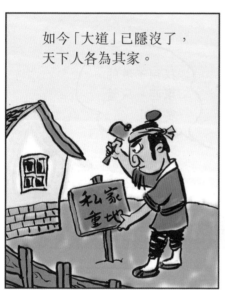

如今「大道」已隱沒了，天下人各為其家。

只親其親人，只愛自己的子女。

所有的付出只是為了自己，在上位的把「世襲」成為制度，築起城池來鞏固領地。

禮義以為紀——以正君臣，以篤父子，以睦兄弟，以和夫婦；

以「禮義」作綱紀，使君臣關係符實。

使父子關係親厚。
乖！

使兄弟和睦友愛。

使夫婦關係和諧。

以設制度，以立田里；以賢勇知，以功為己。故謀用是作，而兵由此起。

由此而建立制度，劃定土地疆界，尊崇勇敢和有智慧的人，酬報那些為自己出力的人。
魏
秦
韓
楚

於是陰謀詭計之術產生了，戰爭也就由此而起。

禹、湯、文、武、成王、周公，由此其選也。此六君子者，未有不謹於禮者也。以著其義，以考其信，著有過，

禹、湯、文、武、成王、周公，都是因此成為這三代中的傑出人選。

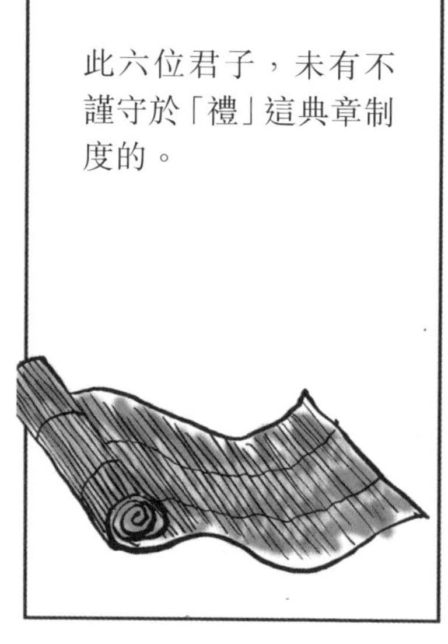
此六位君子，未有不謹守於「禮」這典章制度的。

以禮來表彰大義；
以禮來考驗誠信；
以禮來指出過失。
禮

刑仁，講讓，示民有常。如有不由此者，在埶者去，眾以為殃。是謂『小康』。」

標榜仁愛，講求謙讓，給人民有常規可遵從。

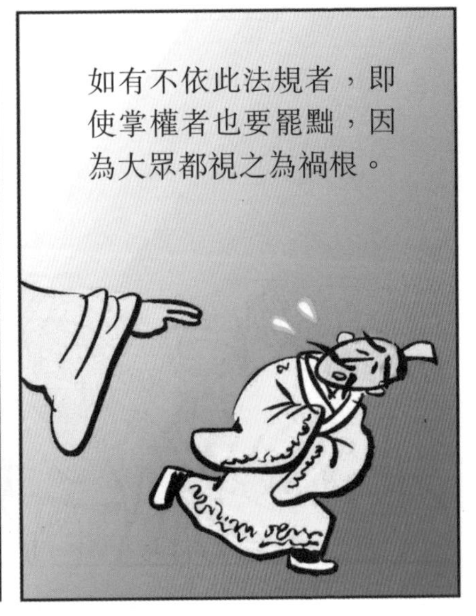
如有不依此法規者，即使掌權者也要罷黜，因為大眾都視之為禍根。

這就是「小康」的世界！

「大同」一詞，最早見於《莊子・在宥》，後來用於狀述「天下為公」理想社會，但這種儒家的理想社會形態難以實現。

「小康」一詞最早源出《詩經・大雅・民勞》：「民亦勞止，訖可小康，惠此中國，以綏四方」，後來在《禮記・禮運》中得到較系統的闡述，成為僅次於「大同」的理想社會模式。

本文章法結構嚴整，採用正反、對比法進行細密論證，使文章圓滿可信。試試整理列出表格看看兩種社會形態的不同：

類型 層面	大同社會	小康社會
政治方面	天下歸眾人所有： 做到選舉賢能的領導者來統治， 人與人之間講究信用、和諧共處。	1. 天下歸王室所有； 2. 施行王侯世襲的制度； 3. 建築城墻、護城河防禦外侵； 4. 設立規章禮法；設立土地制度。
社會方面	1. 不僅親愛自己的父母兒女，更要博愛； 2. 老人安享晚年、壯年各盡所能、幼兒得到良好教育； 3. 鰥寡孤獨老弱病殘都能有很好的照顧； 4. 男有工作，女有歸宿。	只照顧自己的父母兒女。
經濟方面	天下的社會資源不一定要據為己有； 天下人也不一定為自己而勞動。	所開發的資源、付出的勞力都是為了自己。

大 學（節錄）

〈大學〉本為《禮記》第四十二篇，本文只節錄起首一段，明確提出了大學之道，在「明明德、親民、止於至善」三綱領，與「格物、致知、誠意、正心、修身、齊家、治國、平天下」八條目。

儒家學説注重個人品格修為，從而發揚人的光明品德，最終到達至善境界、積極奉獻於國家。文章一層一層反覆推敲，歸根結底也就是要窮究事物本源，方可得到「知至」，而知至必須意誠、心正、修身...... 最後為社會國家立德立功。

禮記 • 大學(節錄)

大學之道：在明明德，在親民，在止於至善。知止而后有定，定而后能靜，靜而后能安，安而后能慮，慮而后能得。

大學之道在彰顯光明正大的品德，在於親近、幫助革舊習、棄圖樂，在於使人達到至善的境界。

明確了目標就能夠堅定志向，堅定志向就可以鎮靜不躁，

鎮靜不躁才能夠安心寧神，安心寧神才能夠思慮周詳，思慮周詳才能夠有所得着。

禮記・大學（節錄）

物有本末，事有終始，知所先后，則近道矣。

古之欲明明德於天下者，先治其國；欲治其國者，先齊其家；欲齊其家者，先修其身；

始
萬物皆有主次，
凡事必有終始。
知道了凡事有
先後次序，就接
近立身處世之
道了。
終

古代的人欲彰顯光明正大
品德於天下者，先要治理
好自己的國家。

欲治好自己國家，先管理好自己
的家庭。

欲管好自己家
庭，先修養自
身的品德。

禮記・大學(節錄)

欲修其身者，先正其心；欲正其心者，先誠其意；欲誠其意者，先致其知；致知在格物。物格而后知至，知至而后意誠，

欲修養自身的品德，
先端正心思。

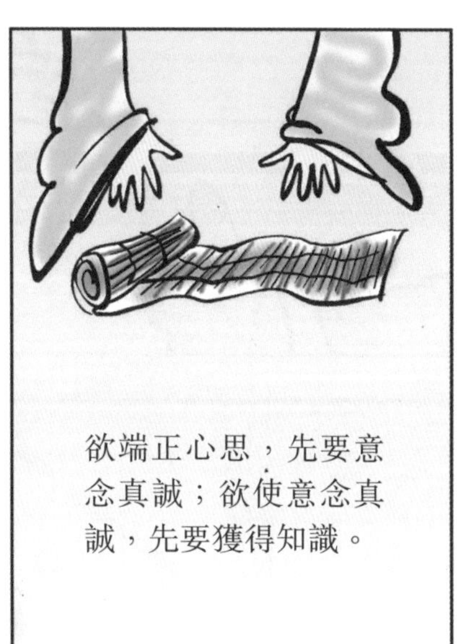
欲端正心思，先要意念真誠；欲使意念真誠，先要獲得知識。

獲得知識的途徑在於研究萬事萬物……
研究事物後才能有知識啊！獲得知識後，意念才會真誠。

禮記・大學(節錄)

意誠而后心正，心正而后身修，身修而後家齊，家齊而后國治，國治而後天下平。

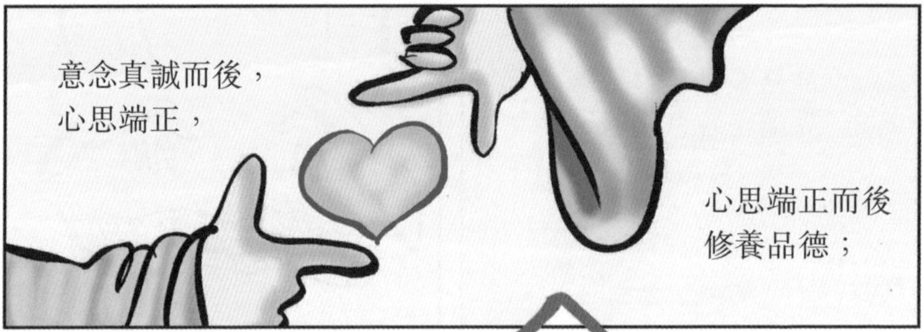

意念真誠而後，
心思端正，

心思端正而後
修養品德；

修養品性而後，才
能夠管好家庭，
家庭管好了
而後，才能
治理好國家。

國治而後
天下平！

「三綱領」「八條目」

三綱領：「明明德、親民、止於至善」

八條目：「格物、致知、誠意、正心、修身、齊家、治國、平天下」

儒家注重個人品格修養，讓有道德、有夢想、有目標的賢才投入建設理想的社會境界。本文節錄自《大學》，「欲治其國者，先齊其家；欲齊其家者……家齊而后國治，國治而后天下平。」一句層層遞進，系統地闡釋了儒家理想的社會境界與達成的歷程，提出了內外兼修的聖人典範。

後來，宋代朱熹把《大學》和《中庸》從《禮記》中抽出，與《論語》、《孟子》合稱「四書」，並著有《四書章句集註》，自宋代起作為中國科舉考試的必讀書目之一，如今也成為讀書人代代傳頌的經典篇章。

5
燭之武退秦師

《左傳》

《左傳》記載，「僖公三十年，晉人秦人圍鄭。」鄭國告急，鄭文公大臣佚之狐推薦能人，說：「若使燭之武見秦君，師必退。」(此篇題目「燭之武退秦師」由此而來)

這位燭之武大夫，以邑為姓，姓燭名武 (「之」是放在姓和名之間的助語詞，如上的佚之狐大夫也是姓佚名狐)。燭武在月黑風高之夜，從城頭縋繩而下，直奔秦營見到秦穆公。

整篇文章說的是燭之武的遊說技巧。他一開始就向秦王挑撥離間，分析鄭國亡只對「秦晉聯盟」的晉國有利，而秦國因地理關係，鞭長莫及，是沒有任何好處的。

接着分析：「鄰 (晉國) 之厚 (得到利益)，君之薄 (失去利益) 也！」你看，打下鄭國，秦國不但沒有好處，反而帶來日後的危險！因為，晉國在東邊掠地成功，下一步就會向西邊的鄰國打主意了：「若不闕 (削) 秦，將焉取之？」西鄰就是閣下秦國的範圍啊！燭武鼓其如簧之舌，說得秦君頻頻點頭認可，不但退兵，還派三將士助鄭國守城。

國與國的交流衝突全因利益，燭之武瞄準這一點，其推論亦合情合理，故能一擊即中。

燭之武退秦師

晉侯秦伯圍鄭，以其無禮於晉，且貳於楚也。晉軍函陵，秦軍氾南。

佚之狐言於鄭伯曰：「國危矣！若使燭之武見秦君，師必退。」公從之。

晉文公和秦穆公聯合攻打鄭國，因為鄭文公曾對晉文公無禮，並且背叛晉國而與楚國結盟。
晉軍駐紮函陵，秦軍則駐紮氾水之南。

鄭國大夫佚之狐對鄭文公說：「國危矣，若安排燭之武去見秦穆公，秦軍必退！」鄭文公同意了。

辭曰：「臣之壯也，猶不如人，今老矣，無能為也已。」公曰：「吾不能早用子，今急而求子，是寡人之過也。然鄭亡，子亦有不利焉。」許之。夜縋而出。

燭之武
推辭曰：
臣壯年之時，
猶不如人，
今老矣，更無
能為力了！

我沒有及早重用
你，現在情況急
了才求你，是我
的過失！
然而鄭國亡了，
對你也不利啊！

燭之武虽答應了
鄭文公。深夜，
他卻繫繩爬城墻
逃出城。

見秦伯曰：「秦、晉圍鄭，鄭既知亡矣。若亡鄭而有益於君，敢以煩執事；越國以鄙遠，君知其難也，焉用亡鄭以陪鄰？鄰之厚，君之薄也。若舍鄭以為東道主，行李之往來，共其乏困，君亦無所害。

見到了秦穆公：
秦、晉包圍鄭國，鄭國知道必亡。若亡鄭對您有好處，又怎敢拿這件事來麻煩您！
您越過晉國而佔領遠方的鄭國，君知其難也！何必亡鄭而讓晉國得利？
晉國所得，即君之所失也！若放棄滅鄭，讓鄭國成為「東道主」……
日後你使者之往來，鄭國為他們供應補給，對你亦沒有壞處的！

且君嘗為晉君賜矣，許君焦、瑕，朝濟而夕設版焉，君之所知也。夫晉何厭之有？既東封鄭，又欲肆其西封，若不闕秦，將焉取之？闕秦以利晉，唯君圖之！」

再說， 你曾有恩於晉惠公（晉文公弟弟），他們許你焦、瑕等城池……
可是晉惠公早上渡過濟河返國，晚上就修築城牆來防你了，這你是知道的！

晉國，又怎會滿足呢？東滅鄭國之後，就會打西面的主意...

到時若非有損於秦，哪來的土地可供他奪取呢？
損秦而利晉，請你自己考慮吧！

燭之武退秦師

秦伯說。與鄭人盟。使杞子、逢孫、楊孫戍之，乃還。子犯請擊之。公曰：「不可！微夫人之力不及此。

秦穆公同意跟鄭國結盟，派杞子、逢孫、楊孫戍守鄭國，秦國撤軍。

沒有秦穆公之助，我也沒有今天。

晉國大夫子犯請求攻擊秦軍，晉文公說：
不可！

因人之力而敝之，不仁；失其所與，不知；以亂易整，不武。吾其還也。」亦去之。

憑藉人家的力量而反過來損害人家，是不仁；

失去盟友，不智；

以交戰代替步調一致，不符合軍事原則。我們還是回去吧！

於是晉軍也撤退回國。

「晉侯、秦伯圍鄭，以其無禮於晉，且貳於楚也。晉軍函陵，秦軍氾南。」

「晉侯、秦伯」：指晉文公、秦穆公。

「以其無禮於晉」：指魯僖公二十三年，晉文公重耳即位前，流亡國外期間，經過鄭國時，沒有受到鄭文公禮待。以，因為。於，對於。

「且貳於楚」：且，並且。貳，二心。並且既臣服於晉國同時又臣服於楚國，意指鄭國背叛晉國服從楚國。

「函陵、氾南」都屬於鄭國的兩處地方。

此為文章開端首句，暗示了整個事件的發生背景，為事件的結局埋下了伏筆：秦晉圍鄭實際是晉鄭兩國國君之間的私人恩怨，事情本與秦國無關。於是，燭之武成功說退了秦軍，晉國因被孤立，最後也只能撤軍。文章篇幅雖短，卻結構嚴密，條理清晰，微言大義，將秦、晉、鄭三方矛盾充分展現。值得感興趣的同學再細細賞析。

6
蘇秦為趙合從說楚威王

《戰國策》

蘇秦是戰國時期的外交家、謀略家，與張儀齊名，都同出鬼谷子門下，學習「縱橫之術」。

本文選《戰國策》，並見《史記・蘇秦張儀列傳》。題目《蘇秦為趙合從説楚威王》，「合從」即是「合縱」，蘇秦以「合縱」對抗張儀的「連橫」，「説楚威王」就是對楚威王進行遊説，説服他加入「合縱聯盟」來對抗秦國。

蘇秦遊説楚王之法，首先是吹捧説楚是天下之強國，足以和秦國爭天下。接着動之以利，只要楚國加入「合縱聯盟」抗秦，美人、良馬以至盟國士兵皆「大王所用」。最後就是唬嚇，秦乃虎狼之國，你不惹他他也會犯你：你若合縱抗秦，諸侯割地以事楚；你若加入秦國的「連橫」，則楚割地事秦。這兩者實在天差地別。

楚王本來就為這事而頭痛，睡不安寢，食不甘味。着群臣獻謀，卻沒有一個可以分憂。蘇秦即來一說，自然一拍即合——「寡人謹奉社稷以從」。

蘇秦遊説成功，六國達成「合縱連盟」，居功至偉的蘇秦授封「六國國相」，佩六國相印，衣錦還鄉吐氣揚眉。

蘇秦為趙合從說楚威王

蘇秦為趙合從，說楚威王曰：「楚，天下之強國也。大王，天下之賢王也。楚地西有黔中、巫郡，東有夏州、海陽，南有洞庭、蒼梧，北有汾陘之塞、郇陽。地方五千里，帶甲百萬，車千乘，騎萬匹，粟支十年，此霸王之資也。

蘇秦為趙國使者，組織合縱聯盟抗秦。遊說楚威王，曰：
楚國，天下之強國也！
大王，天下之賢王也！
楚地西有黔中、巫郡，東有夏州、海陽，南有洞庭、蒼悟，北有汾陘、郇陽……
全國地方五千里，披甲將士百萬，戰車千乘，
戰馬萬匹，糧食貯備可供十年，此乃當霸王的本錢也！

蘇秦為趙合從說楚威王

夫以楚之強，與大王之賢，天下莫能當也。今乃欲西面而事秦，則諸侯莫不南面而朝於章臺之下矣。秦之所害，於天下莫如楚，楚強則秦弱，楚弱則秦強，此其勢不兩立。

憑楚國之強，與大王之賢，天下莫能擋也！
如今你打算朝西面聽命於秦國，那麼諸侯莫不朝拜章臺（秦宮）之下矣！

秦國所害怕的，天下間唯有楚國。
楚強則秦弱，楚弱則秦強，此其勢不兩立。
楚
故此為大王作最佳考慮，莫如六國結盟以孤立秦國！

故為王至計，莫如從親以孤秦。大王不從親，秦必起兩軍：一軍出武關；一軍下黔中。若此，則鄢郢動矣。臣聞治之其未亂，為之其未有也；患至而後憂之，則無及已。故願大王之早計之。」

「大王誠能聽臣，臣請令山東之國，奉四時之獻，以承大王之明制，委社稷宗廟，練士厲兵，在大王之所用之。

大王若不組織聯盟，秦必起兩軍，一軍出武關，一軍下漢中。
這樣，楚國鄢、郢兩都城必震動。臣聽聞『治之其未亂』，在未做事之前，要做好準備。
禍患至後才擔憂，就來不及了！故願大王及早籌劃。
大王若聽取我的意見，我會讓山東各國四時進貢給您，奉行大王詔令，托付國家給您，訓練士兵磨礪武器供大王使用。

大王誠能聽臣之愚計，則韓魏齊燕趙衛之妙音美人，必充後宮矣。趙代良馬橐他，必實於外廄。故從合則楚王，橫成則秦帝。

大王若能聽臣之愚見，則韓、魏、齊、燕、趙、衛之妙音美人，必定會充滿您的後宮！
越國代郡的良馬、駱駝，必定會充滿您的馬廄。

故此，「合縱聯盟」成功，則楚國稱王。

「連橫聯盟」成功，則秦國稱帝！

蘇秦為趙合從說楚威王

今釋霸王之業，而有事人之名，臣竊為大王不取也。

「夫秦，虎狼之國也，有吞天下之心。秦，天下之仇讎也，橫人皆欲割諸侯之地以事秦，此所謂養仇而奉讎者也。

如今您若放棄霸王之業，反而有「侍奉別人」之惡名……
臣私下實在不敢贊同大王的做法。

秦，虎狼之國也，有吞併天下之野心！

秦，天下之仇敵也，主張「連橫」之人，皆欲割諸侯之地以討好秦國，此所謂「奉養仇敵」也！

夫為人臣而割其主之地，以外交強虎狼之秦，以侵天下，卒有秦患，不顧其禍。夫外挾強秦之威，以內劫其主，以求割地，大逆不忠，無過此者。故從親，則諸侯割地以事楚；橫合，則楚割地以事秦。此兩策者，相去遠矣，有億兆之數。兩者大王何居焉？故弊邑趙王，使臣效愚計，奉明約，在大王命之。」

作為人臣而割其主之地，以交結有如虎狼的秦國……
還去侵略諸侯，最終招來嚴重的禍患！
楚
外挾強秦之威，對內脅迫其主，割地喪失國土，大逆不道，無過此者！
故此，「合縱」則諸侯割地以侍奉楚國，「連橫」則割地以奉秦。
此兩策者，相去遠矣，有億兆之數。兩者大王如何取捨？故趙王派我獻此愚見，共守盟約，聽從大王決定。

蘇秦為趙合從說楚威王

楚王曰：「寡人之國，西與秦接境，秦有舉巴蜀、幷漢中之心。秦，虎狼之國，不可親也。而韓、魏迫於秦患，不可與深謀，恐反人以入於秦，故謀未發而國已危矣。

寡人之國，西與秦接境，秦國有奪巴蜀，吞併漢中的野心，秦乃虎狼之國，不可親也！

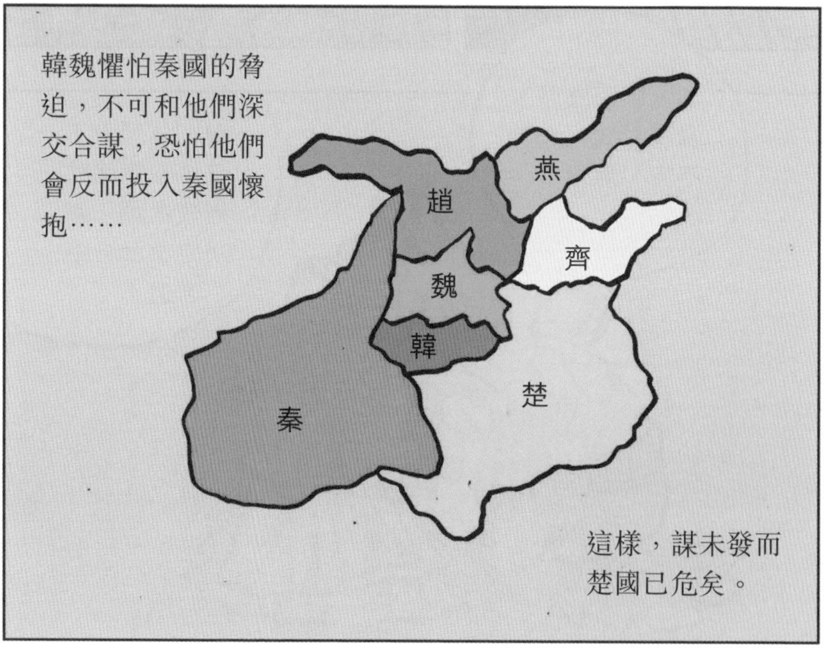

韓魏懼怕秦國的脅迫，不可和他們深交合謀，恐怕他們會反而投入秦國懷抱……

燕
趙
齊
魏
韓
楚
秦

這樣，謀未發而楚國已危矣。

蘇秦為趙合從說楚威王

寡人自料，以楚當秦，未見勝焉。內與群臣謀，不足恃也。寡人臥不安席，食不甘味，心搖搖如懸旌，而無所終薄。今君欲一天下，安諸侯，存危國，寡人謹奉社稷以從。」

寡人自料，以楚國抗秦，未必可勝……
與群臣商量謀劃，也沒有結果。
寡人臥不安席，食不甘味，心神不安，無所依託……
現在你想天下一統，安定諸侯，拯救危國，寡人決定參加合縱聯盟！

「合從」

從：同「縱」，由南至北，連成直線。

合縱，是春秋時期及戰國時期的一種外交及軍事策略，是南北縱向的各大國聯合進行的外交軍事鬥爭，主要戰略目的是聯合多個弱國抵抗強國並防止受強國兼併，最終目的是聯合抗秦。

但因為各國間存在着歷史的矛盾，蘇秦游說六國諸侯合縱抗秦的政策依然不是長遠有效的方式。六國攜手合縱最抗秦，提升到攻秦滅秦簡直是空談。

7 晏子僕御

晏子

晏子是春秋後期齊國的宰相，曾在靈公、莊公和景公三朝任事，是著名的政治家和外交家。

《晏子春秋》是一部記敘晏子的思想、言行、事跡的書，也是中國最早的一部短篇小說集，相傳是後人集其言行軼事而成，語言簡練，情節生動，諷諭力強。〈晏子僕御〉是出自《晏子春秋・內篇雜上》的一篇歷史典故，以生動的事例說明「滿招損，謙受益」的道理。

晏子的車夫因「擁大蓋，策駟馬」洋洋自得，其妻子認為貴為齊相的晏子沉實謙和，而她的丈夫不過是晏子的車夫，不應如此自滿自大，故以離婚相諫。

故事中，車夫妻子見微知著，發揮賢內之助；車夫從善如流，接納妻子意見；晏子見車夫改過自新，欣然提拔人才。這些美德都是修身、齊家、治國的重要條件，因此他們也就分別成就了賢妻、善人和良相。

晏子僕御

晏子為齊相，出。其御之妻從門間而闚，其夫為相御，擁大蓋，策駟馬，意氣揚揚，甚自得也。

晏子是齊國的宰相，
某天出門，他車夫的
妻子從門縫窺視。
她的丈夫替
宰相駕車，
撐着大蓋，
鞭策四馬，
意氣揚揚，
甚為得意。

既而歸，其妻請去。夫問其故。妻曰：「晏子長不滿六尺，相齊國，名顯諸侯。今者妾觀其出，志念深矣，常有以自下者。

不久回家，車夫的妻子提請離婚。

夫問其故，妻說：
晏子身高不滿六尺，擔任齊國宰相，名顯諸侯。今日我觀其行止，他深謀遠慮，但態度謙虛。

今子長八尺，迺為人僕御；然子之意，自以為足，妾是以求去也。」其後，夫自抑損。晏子怪而問之，御以實對，晏子薦以為大夫。

如今你身長八尺，但只不過是為人趕車的僕人……
然而看你的樣子，好像已經非常滿足！這就是我的原因！

自此之後，車夫抑制自己的驕態。晏子感到奇怪而問車夫，車夫如實回答。

於是晏子推薦他做了朝中大夫。

「其御之妻從門間而闚，其夫為相御，擁大蓋，策駟馬，意氣揚揚，甚自得也。既而歸，其妻請去。」

古文中的一字一詞都頗有意思，尤其文言虛詞，除了「之乎者也」常見的還有「而、何、乃、其、且、若、所、為、焉、以、因、於、與、則、矣」。他們雖不能充當主謂賓的句子成分，卻有語法意義，有趣的是偶爾還可以充當實詞。例如在《晏子僕御》的上述兩句中有三個「其」，均作代詞，但意思各不相同：

「其御之妻從門間而闚」：指晏子；

「其夫為相御」：指晏子車夫的妻子；

「其妻請去」：指晏子的車夫。

8 論語（節錄）

學而篇

今日說起孔子，已是無人不知，無人不曉。他姓孔，名丘，字仲尼，春秋末期魯國的教育家與哲學家，後世尊為「至聖先師」、「萬世師表」。

《論語》成書於春秋戰國，是一本記錄了孔子講學言行的書，由其學生及其再傳弟子所記錄整理，內容包括他的政治見解、哲學思想、教學理念和倫理道德等道理。〈學而篇〉是《論語》第一篇，可見其重要性。因篇章第一句是「學而時習之」，故以頭二字為篇名。全篇十六章都是講做人的學習，仁孝、忠信、修養等。內容頗為廣闊，但其實離不開做人的道理。

孔子認為，求學的最終目的就是修養個人品格。否則，學得愈多，見識愈廣，追求的卻只是名利，巧言令色「鮮矣仁」！這是孔子所看不起的！

子曰：「學而時習之，不亦說乎？有朋自遠方來，不亦樂乎？人不知而不愠，不亦君子乎？」

孔子說：
學習以後,時時複習一下,不是令人甚覺喜悅嗎?
有學友自遠方來(一起探討學問)，不是很令人快樂嗎？
別人不知道我的才學，我也不會心懷怨憤，這不就是有修養的君子態度嗎？

有子曰：「其為人也孝弟，而好犯上者，鮮矣；不好犯上，而好作亂者，未之有也。君子務本，本立而道生。孝弟也者，其為仁之本與！」

有子說：孝順父母及尊敬兄長的人，卻喜冒犯傷及者，是甚少的。

不喜「犯上」而去造反作亂，更是從未有的。

「君子」在於本源，本源確立而道德就會形成。
孝順父母尊敬兄長，就是仁德的本源吧！

子曰：「巧言令色，鮮矣仁！」
曾子曰：「吾日三省吾身——為人謀而不忠乎？與朋友交而不信乎？傳不習乎？」

孔子說：
花言巧語，一副偽善的嘴臉，這樣的人是鮮有仁德的！

曾子說：我每日多次自我反省——替別人謀劃是否忠誠呢？
忠

與朋友交往是否守信呢？
信

老師傳授給我的知識，是否時常溫習呢？

子曰：「道千乘之國，敬事而信，節用而愛人，使民以時。」

孔子說：領導一個千乘（千輛兵車）的國家，謹慎做事，取信於民。
好！
自己要節省用度而愛護人民。
庫房的錢用於人民…
要使用人力，就要選農閒之時。
你們收割完畢，就修修水利工程吧！

子曰：「弟子，入則孝，出則悌，謹而信，汎愛眾，而親仁。行有餘力，則以學文。」

孔子說：

同學們，對父母要孝順…

對兄長要尊敬…

說話謹慎而守信用…

博愛大眾，親近有仁德的人…

做到了這些之後，才談得上學習文化知識。

子夏曰：「賢賢易色；事父母能竭其力；事君能致其身；與朋友交，言而有信。雖曰未學，吾必謂之學矣。」

子夏（孔子學生）說：
看人要重視其賢德，而不重其容貌……
在說我嗎？！

侍奉父母能盡心竭力
事君能捨命報效
與朋友交往言而有信

這樣的人雖未入學，但我一定說他已經學習過了！

子曰：「君子不重則不威；學則不固。主忠信。無友不如己者。過則勿憚改。」

君子不重則不威，學則不固。
我有夠「重」，所以很「威」，學業很堅固！
君子不重則不威……的意思是：君子態度不莊重就沒有威儀，所學便不會堅固。
做人處事以忠、信為主。
有錯誤不要怕改正。
不結交與自己志向不相投的朋友。

曾子曰：「慎終追遠，民德歸厚矣。」

子禽問於子貢曰：「夫子至於是邦也，必聞其政，求之與？抑與之與？」子貢曰：「夫子溫、良、恭、儉、讓以得之。夫子之求之也，其諸異乎人之求之與？」

曾子說：謹慎地辦理父母的喪事，追念祭祀祖先，民心就會厚道。

夫子（孔子）每到一個國家，必參與當地政事，是他自己主動求來的呢，還是君主邀請他的呢？

子貢

子禽

夫子具有溫和、善良、恭敬、儉樸和謙讓的德行作感召而得之。
即使是夫子求來，或與別人的求法不同吧？

子曰：「父在，觀其志；父沒，觀其行；三年無改於父之道，可謂孝矣。」

有子曰：「禮之用，和為貴。先王之道，斯為美；小大由之。有所不行，知和而和，不以禮節之，亦不可行也。」

孔子說：父親在時，看他有否追隨其父志業；其父過世了，就看他的行為，三年不改父親的原則，可以說是盡孝了。

有子說：「禮」的施行，以和為貴。以前的聖王治國之道，可貴之處就在於此，以和為貴適用於一切大小事情。
但也有行不通的時候，若只是「為和諧而和諧」，而不以禮節（上下有別，尊卑有序）規範，那也是不行的。

有子曰：「信近於義，言可復也。恭近於禮，遠恥辱也。因不失其親，亦可宗也。」

有子說：
信用要符合義理，諾言才可以實行。
義
信

恭敬要符合禮節（不少也不過份），就不會受辱（不會被指無禮或阿諛奉承）。

「因不失其親，亦可宗也」這句比較費解，最普遍的解法為：依靠關係深的人才會可靠。

另一個解法是：因不失義和禮的親近之心，也就可以效法了。更有不同的解法，有興趣自己找找看。

子曰：「君子食無求飽，居無求安，敏於事而慎於言，就有道而正焉，可謂好學也已。」

孔子說：
君子（有德之人）飲食不求精美。
清茶淡飯

居住不求富麗

對工作敏捷地做妥，說話要小心謹慎。

親近有道德之人以匡正自己，這樣就可以說是勤奮好學了。

子貢曰：「貧而無諂，富而無驕，何如？」子曰：「可也；未若貧而樂，富而好禮者也。」子貢曰：「《詩》云：『如切如磋，如琢如磨』，其斯之謂與？」子曰：「賜也，始可與言《詩》已矣，告諸往而知來者。」

子曰：「不患人之不己知，患不知人也。」

貧窮卻不阿諛媚諂，富貴而不驕傲自大，如何？
子貢
可以。但未如「窮而樂道，富而好禮」。
孔子

《詩經》上說的切磋琢磨，就是精益求精的意思吧？
賜（子貢）啊，現在可以和你談論《詩經》了，因為告訴你過去，你就知道未來。

孔子說：
不必擔心別人不了解自己…
擔心自己不夠了解別人吧！

「子曰：『不患人之不己知，患不知人也。』」

患：擔憂、害怕。

孔子傳授弟子們處世之道：不要憂慮別人不了解自己，只怕是自己不了解別人。

此句顯示孔子在現實問題上的關注，也體現出儒家學說的社會實用價值。

有才德的君子可以泰然處世，不委屈求全、不為求榮譽，以寬恕的心態來對待別人。所以君子如果不能了解別人，那也不符合君子的標準了：一方面表明自己的才德修養不夠，因此難以寬容地對待別人；另一方面也容易使自己誤解別人，由此而產生失誤的評價。

論學

〈論學〉亦出自《論語》。《論語》其實以語錄和對話的形式寫成，沒有嚴格的編纂體例，每一條就是一章，集章為篇，全書共二十篇，各篇一般以首二三字作為篇名，而章與章之間、篇與篇之間並無嚴密聯繫，只是大致以類相從，並且有重複的章節出現。如首篇〈學而篇〉共十六章，以論學和道德修養為主、兼及論政的內容，表明孔子的身份；次篇〈為政〉共二十四章，亦論及政治、教化、學習、道德修養，表明孔子主張德治、禮治，認為從政須以學習、個人道德修養為前提。因此後人又在其基礎上歸納整理、作疏注解，而有〈論學〉、〈論仁〉、〈論孝〉、〈論君子〉各類。

儒家注重君子的品德修養，學習是修身必不可少的環節。身為教育家，孔子也重視學習、教育，常與弟子談起相關話題。本篇從《論語》中輯錄了孔子與其弟子對學習的看法。

子曰：「學而不思則罔，思而不學則殆。」（《為政》第二）

子曰：「學如不及，猶恐失之。」（《泰伯》第八）

孔子說：
只死讀書而不思考，就會困惑而無所得。
只思考而不讀書，則更危險。
學習就像總是趕不上，甚至學到的也猶恐失去！

孔子曰：「生而知之者上也；學而知之者次也；困而學之，又其次也；困而不學，民斯為下矣。」（《季氏》第十六）

孔子說：天生就知道的，是上等也！
天才

通過學習而知道的，是次一等也。

通過困難刻苦才知道的，又再次一等也。
讀多幾遍，我就不信記不住課文！！
因困難而不去學習的，這種人是最下等了！
Z
Z
Z
Z

子曰：「由也！女聞六言六蔽矣乎？」對曰：「未也。」「居！吾語女：好仁不好學，其蔽也愚；好知不好學，其蔽也蕩；

仲由（子路）啊，你聽過六種品德中的六種弊病嗎？
未也！
坐下，我告訴你。

愛仁德但不好學，其弊病是容易被愚弄。
大愛

愛好智（知）力而不好學，其弊病是會放蕩不羈。

好信不好學，其蔽也賊；好直不好學，其蔽也絞；好勇不好學，其蔽也亂；好剛不好學，其蔽也狂。」

（《陽貨》第十七）

愛誠信而不好學，其弊病是易受傷害。
和約
和約

愛直性子而不好學，其弊病是太急、太激。
直去

好勇而不好學，其弊病是容易出亂子。

好剛強而不好學，其弊病是容易狂妄自大！

子夏曰：「博學而篤志，切問而近思，仁在其中矣。」（《子張》第十九）

子夏說：博覽群書，而又要有專一的方向。
博而又專！

有疑問就切實的問清楚，再結合實際情況去思量。

「仁」就在其中矣！
仁
這裏的「仁」可理解為自我完整……

子夏曰：「博學而篤志，切問而近思，仁在其中矣。」(《子張》第十九)

儒家主張「人之初，性本善」，強調人可通過學習培養良好的品德修養。終身學習就是孔子常談的話題。「博學篤志」是出自本句的與學習有關的成語，精煉地歸納了孔子對學習的看法：

學習先要明確目標方向，在廣泛的閱讀學習中找尋自己的志趣；學習還要融會貫通，多思考、多發問，常向他人請教，將學問應用到實際生活當中。

此句孔子所提出的學習教育法極真切而重要，後世求學者常用於勉勵自己、勸誡他人，如晚清學者王永彬曾言道：「博學篤志，切問近思，此八字是收放心的功夫。」(《圍爐夜話》)。

論仁

《論語》共二十篇，本章「論仁」是從「里仁第四」、《顏淵》第十二和《衛靈公》第十五中摘錄出來。

「仁」在孔子學説中，是重中之重。

孔子認為具仁德天性之人，會不計利益而行仁德；但不仁者會為一己之利，而不管所作所為是否背離仁德。除了上述兩者，還有一種智者，他們認識了仁德對自身和社會的好處，故奉行之。這是好的。

孔子從不同的角度探討「仁」，有從「禮」之方向，相信大家都聽過「非禮勿視，非禮勿聽，非禮勿言，非禮勿動」這幾句成語名言了！

另一方面，「殺身成仁」也是「仁」，是維護正義，不惜犧牲性命的崇高境界！

子曰：「不仁者，不可以久處約，不可以長處樂。仁者安仁，知者利仁。」（《里仁》第四）

孔子曰：沒仁德的人，不能久處貧困。
去偷！
去搶吧！
窮得
嚂嚂響！

也不能久處安樂之中。
再想多些腐敗的玩意出來……

有仁德天性者，因為行仁德而心常安，智者認識到仁的好處，故擇善而行之。

子曰：「富與貴，是人之所欲也；不以其道得之，不處也。貧與賤，是人之所惡也；不以其道得之，不去也。君子去仁，惡乎成名？君子無終食之間違仁，造次必於是，顛沛必於是。」

《里仁》第四）

富與貴，
是每個人都
希望擁有
的……
但要是用不正
當的方法才可
得到，君子不
會接受的。

貧與賤，是每個
人都憎厭的，但
要是用不正當方
法才可擺脱，君
子不會去做的。

君子若離開仁德，又如何保有良好的聲名呢？

仁

君子無片刻離開仁，無論多匆忙也不會，生活再困苦也必與仁同在。

顏淵問仁。子曰：「克己復禮為仁。一日克己復禮，天下歸仁焉。為仁由己，而由人乎哉？」顏淵曰：「請問其目。」子曰：「非禮勿視，非禮勿聽，非禮勿言，非禮勿動。」顏淵曰：「回雖不敏，請事斯語矣。」（《顏淵》第十二）

顏淵向孔子請教「仁」的要義。子曰：

?

約束一己的行為使合乎禮制，這便是仁了。

實行仁德要靠自己，還可以靠別人嗎？

哪一天你做得到，天下間便會稱讚你是仁者。

顏回再問其詳。子曰：
非禮勿視
非禮勿聽
非禮勿言
還有非禮勿動。

弟子雖資質愚魯，但會懂得奉行老師的教誨。

子曰：「志士仁人，無求生以害仁，有殺身以成仁。」《衛靈公》第十五

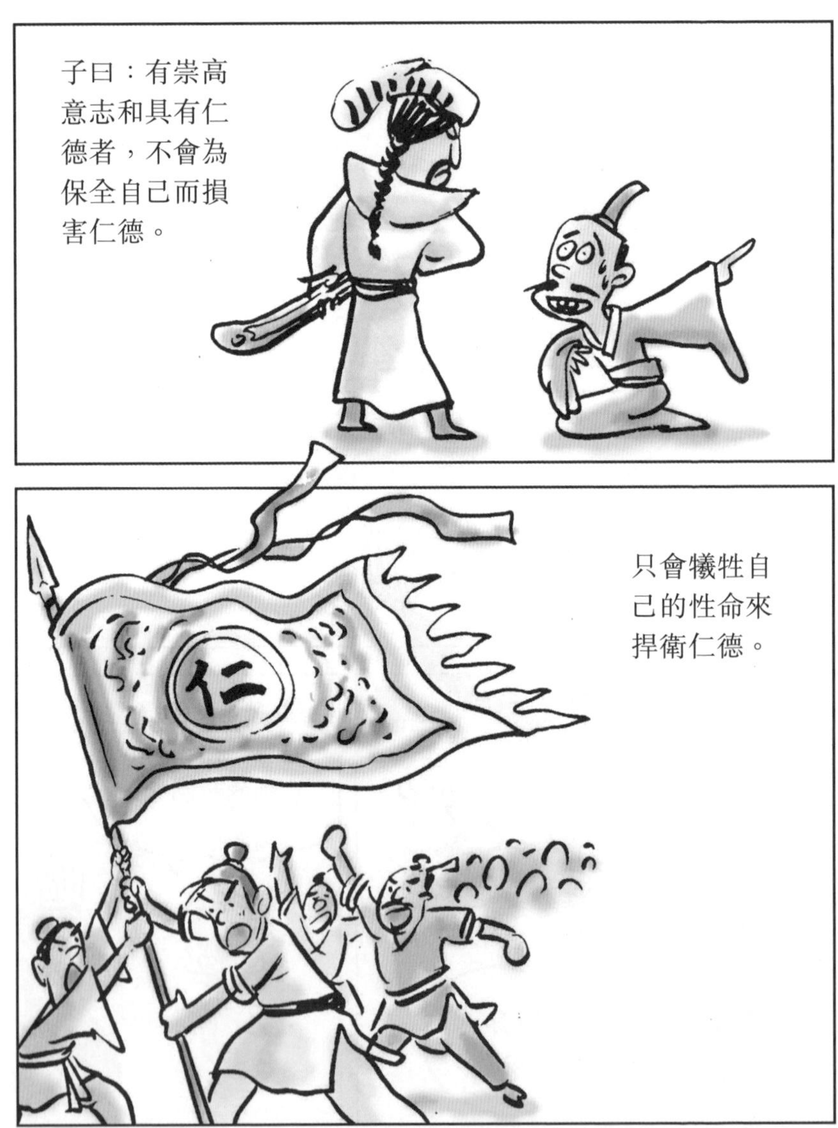
子曰：有崇高意志和具有仁德者，不會為保全自己而損害仁德。
仁
只會犧牲自己的性命來捍衛仁德。

子曰：「富與貴，是人之所欲也；不以其道得之，不去也。貧與賤，是人之所惡也；不以其道得之，不去也。」

孔子說：「富與貴是人們所渴望的，但如果不按仁道而得到的富貴，君子不會取納。貧與賤是人們所厭惡的，如果行仁義卻得貧賤，君子亦不會逃避。」

這一句於後世最廣為傳頌，孟子也曾感言：「富貴不能淫，貧賤不能移。」(《孟子· 滕文公下》) 意在強調君子要時刻信守仁義道德，不能被富貴或貧賤所動搖。

論孝

孔子的學説注重孝道，而孝道是基於「禮」。

注意，古人説禮，並非今人所認知的「禮貌」那麼簡單。禮制是社會穩定的力量。法律所未及的灰色地帶，皆由「禮」作出補充、規範。

孝的主要表現形式，是「無違」於禮。雙親生前事之以禮，離世時葬之以禮，以後的春秋二祭也祭之以禮。

孔子論孝，説得很詳盡。例如以飲食供養父母仍未算孝，蓋因犬馬也養着呀！二者應有分別，這就是「敬」。

尊敬父母是孝道之本。但孔子所主張的「孝」也絕非盲從，若父母有不對的地方，是要勸諫的。至於勸諫的方法是「又敬不違」，「不違」是不停止之意。即既要尊尊敬敬地不逾人子之禮，又要鍥而不捨地勸之諫之。這才算是個真心的孝子。

孟懿子問孝。子曰：「無違。」

樊遲御，子告之曰：「孟孫問孝於我，我對曰，無違。」

樊遲曰：「何謂也？」

孟懿子問孔子
甚麼是孝道……
無違。
樊遲為孔子
駕車，孔子
告之曰：
孟孫問孝於
我，我對曰：
無違。
何謂
也？

子曰：「生事之以禮；死葬之以禮，祭之以禮。」（《為政》第二）

子曰：父母在生時，
事之以禮。

父母去世時，葬之以禮，祭
之以禮。

孟孫即孟懿子。他父親着他跟孔子學禮，所以孔子說「無違」即是「無違於禮」。

孔子又恐孟懿子不解細節，故意先告訴樊遲，以便他向孟孫闡釋。

子游問孝。子曰：「今之孝者，是謂能養。至於犬馬，皆能有養；不敬，何以別乎！」（《為政》第二）

怎樣才算是孝？

今之孝者，以為能養活父母就是孝了……

但我們對於犬馬，不也是養着嗎？

如果供養少了尊敬之心，兩者有何分別呢？

子曰：「事父母幾諫，見志不從，又敬不違，勞而不怨。」（《里仁》第四）

子曰：「父母之年，不可不知也。一則以喜，一則以懼。」（《里仁》第四）

孔子說，侍奉父母，如發覺他們有不對的，就得婉言相勸。

若父母不肯聽從，還是恭恭敬敬的，但決不放棄。

即使如此憂心勞苦，也絕對不會埋怨父母。

孔子說：父母的年紀，不可不知。一則以喜，一則以懼。

喜者，父母健在，可以盡孝；懼者，父母年紀愈來愈大，若一旦離世，就再也不能承歡膝下了！

子曰：「事父母幾諫，見志不從，又敬不違，勞而不怨。」

「幾」：微，指態度輕柔有禮。

「志」：指父母之志。

「勞」：擔憂。

孔子說，「若父母有不對的地方應該勸諫，若見父母意向不聽從規勸，更應尊尊敬敬、鍥而不捨地再三勸諫，作為子女應只是對父母擔憂而不怨恨。」這才算是個真孝子！

論君子

孔子對「君子」的要求很高，作出不少定義和規範。而相對於君子的，就是「小人」。

這裏有一句「無友不如己者」，其析義比較分歧，有必要説説。

最初而普遍的解釋，是「不要結交不如自己的朋友」。但這裏有個問題，就是誰也交不上朋友了！此句也成為攻擊孔子「勢利」的證據。

於是，有學者考究出第二種説法：「不要認為你的朋友不如你。」

但這説法跟上文下理明顯有點「跑了題」，有點彆扭。

於是就有了第三種比較合理説法：「不要結交與自己志向不相投的人。」

孔子對「君子」的定義，這裏一句，那裏一句，好像不大有一個系統。那是因為他答弟子所問，每每因人而異。如「司馬牛問君子」，孔子答「不憂不懼」，這是特別針對司馬牛而言的。

司馬牛是宋國人，他有一位兄長司馬桓魋，本來得宋景公重用，後來卻圖謀叛亂，失敗後投奔齊國。司馬牛為了此事憂心不已，於是孔子教導他，只要內省自己沒有犯錯，那又何憂何懼之有？

君子本意，是「君之子」。

周朝時，周天下分封諸侯建立邦國，諸侯稱「國君」，國君的兒子就是君之子，即「君子」。

漸漸，不單國君兒子才叫君子，凡貴族男子皆可稱君子。

再後來，有官職的士大夫也加入「君子」之列。

到了春秋戰國，孔子再為「君子」定義，君子不再由血統或官職所壟斷，而是對人格、道德的要求。具備「仁、義、禮」的人方可稱為君子。

「君子」的定義，由遠古只是「君之子」，一路發展下來，範圍愈來愈寬。

到了近代，為人只須正直，即可得享「正人君子」之稱謂！

又如在競賽中，老老實實的依足規矩，不出「茅招」，亦算是君子了。

這古今不同，除了觀念，還有文字。例如這篇「孫以出之」，初讀之時往往一頭霧水，搞清楚後方一拍腦袋，「原來如此」！

「君子」的相對就是「小人」。孔子講話喜歡對比，所以「小人」在論語中也佔有不少篇幅。

這篇説的君子與小人之別，是君子不求人，而小人求諸人。有謂「人到無求品自高」，人若有所求，不論名也利也權也位也，卑躬屈膝，甚至背離德行也常見，品位何止不高，簡直就成了「小人」。

有謂孔子要求未免太高，現代生活環環相扣，哪能「不求人」呢？

那麼只能緊守做人的道德宗旨，不仁不義不禮不孝的，千萬謝絕就是了。

子曰：「君子不重則不威；學則不固，主忠信。

子曰：君子不重則不威；學則不固。

我有夠「重」，所以很威，學業很堅固。

君子不重則不威的意思是：君子態度不莊重就沒有威儀。
所學便不會堅固。

主忠信
做人處事以忠信為本。

無友不如己者。過則勿憚改。」（《學而》第一）

……
……
……
……

交個朋友如何？
無友不如己者……
不結交與自己志向不相投的人。

有錯誤不要怕改正。

子曰：「君子坦蕩蕩，小人長戚戚。」（《述而》第七）

子曰：君子坦蕩蕩，小人長戚戚。

何事臉孔皺成一團，心緒不寧的？

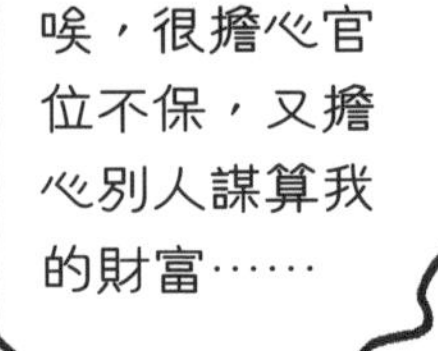
唉，很擔心官位不保，又擔心別人謀算我的財富……

你身家地位跟我差不多……
為甚麼你沒有感到煩惱？

我在意的是個人品德，只須做好君子本分，名利得失不重要，所以心中不會患得患失。

司馬牛問君子。子曰：「君子不憂不懼。」曰：「不憂不懼，斯謂之君子矣乎？」子曰：「內省不疚，夫何憂何懼？」（《顏淵》第十二）

司馬牛問君子。
子曰：
君子不憂不懼。

不憂不懼就是君子了？這麼簡單！

內省不疚，問心無愧，那還有甚麼憂心和恐懼呢?!

子曰：「君子成人之美，不成人之惡。小人反是。」(《顏淵》第十二)

子曰：君子成人之美，不成人之惡。小人反是。
借長梯一用，請老兄「成人之美」！
借長梯來做甚麼呢？
去偷摘隔壁的果子！
梯子還我！我不要「成人之惡」！

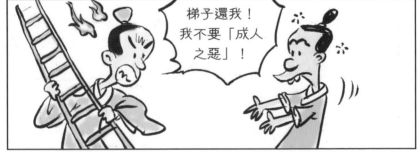

子曰：「君子恥其言而過其行。」（《憲問》第十四）

子曰：君子恥其言
而過其行。
吹牛
你的鴻圖大
計很厲害，
何時實行？
等一等，
我又孕育了一
個更大的鴻圖，
需要思考……

子曰：「君子義以為質，禮以行之，

究竟怎樣才算是君子呢？
子曰：君子義以為質，禮以行之……

這個不難，我本質就夠義氣！

而且待人接物也很有禮！

謝謝

接着是：孫以出之？

孫以出之，信以成之。君子哉！」（《衛靈公》第十五）

這個我做不到！
為甚麼？
我仍未有孫子啊！
這「孫」字通「遜」字！
「孫以出之」即以謙遜的態度表達出來！
最後一句是信以成之，君子也！
做人做事有信用，這就是君子了！

子曰：「君子病無能焉，不病人之不己知也。」《衛靈公》第十五）

君子病無能焉，不病人之不己知也。
君子只擔心自己沒有能力……
明白！
不會擔心別人不賞識自己！
怎麼還沒有人來找我？

子曰：「君子求諸己，小人求諸人。」（《衛靈公》第十五）

唉，
事情搞
砸了！
我要好好
反省一下！
君子求
諸己。

哼！事情
搞砸了！
都是因為
你們！
小人求
諸人！

此外，君子追
求的內心世界，
可以「求諸己」
來完成。
小人追名逐利，
一定要逢迎別
人，只能「求諸
人」了！

子曰：「君子病無能焉，不病人之不己知也。」

「病」：擔憂。

孔子說，君子擔憂自己沒本事，而不擔憂別人不了解自己。

9 愚公移山

列　子

《列子》的作者列子相傳為周朝鄭國人列禦寇，是道家學派的先驅者。

〈愚公移山〉出自《列子·湯問》。《列子》中，除〈愚公移山〉外，還有〈杞人憂天〉、〈朝三暮四〉、〈夸父追日〉等膾炙人口的名篇。「愚公移山」四字，更成為「有恆心有毅力，就能把事做成」思想的代名詞。

《愚公移山》在藝術價值上，最為人稱道的有三點。一是善用對比手法：「愚」公堅持不懈，「智」叟膽小畏難，人物經過烘托躍然於紙上；二是結構巧妙，如開頭說太行、王屋「本在」某處，勾起讀者興趣，才將故事娓娓道來；三是人物對話生動自然，體現人物性格，也串聯起移山情節。

很多人認為《愚公移山》是表達「人定勝天」的精神，但不應忽略最後的結局還是天帝被愚公的誠心感動，派大力神的兩個兒子背走那兩座大山。

古人對於「天」是畢恭畢敬的，所以此篇應表達為「人的決心可以感動於天」較為妥當。

愚公移山

太形、王屋二山，方七百里，高萬仞，本在冀州之南，河陽之北。北山愚公者，年且九十，面山而居。懲山北之塞，出入之迂也，聚室而謀，曰：「吾與汝畢力平險，指通豫南，達於漢陰，可乎？」雜然相許。

太行、王屋兩座山，方圓七百里，高萬仞，本在冀州之南，河陽之北。北山下有一位愚公，年近九十，面山而居。

他苦於山北交通阻塞，出入都要繞道，於是召集全家人商量……
我和你們盡力移除險阻，一直通到豫州之南，漢水之陰，好不好？
大家紛紛表示贊同。

其妻疑之，曰：「以君之力，曾不能損魁父之丘，如太形、王屋何？且焉置土石？」雜曰：「投諸渤海之尾，隱土之北。」遂率子孫，荷擔者三夫，叩石墾壤，以箕畚運於渤海之尾。

但他的妻子提出疑問：
「憑你的能力，連魁父這座小山都削不平！
能把太行、王屋怎樣呢？再說，挖出來的土石往哪裏擱？」

眾人說：
「把它扔到渤海邊上，隱土的北面！」

於是愚公率領子孫中能挑擔的三個壯漢，鑿石挖土，以簸箕運去渤海邊上。

鄰人京城氏之孀妻有遺男，始齔，跳往助之。寒暑易節，始一反焉。

河曲智叟笑而止之，曰：「甚矣，汝之不惠！以殘年餘力，曾不能毀山之一毛，其如土石何？」

鄰居京城氏的寡婦有個孤兒，約七、八歲，蹦蹦跳跳的前來幫助。

眾人於冬夏換季才回家一次。

河曲上的智叟笑而阻止：
你蠢得太過份了！以你的殘年力，連山上的草草木木都毀不了，能把土石怎麼樣呢？

北山愚公長歎曰：「汝心之固，固不可徹，曾不若孀妻、弱子！我雖死，有子存焉；子又生孫，孫又生子；子又有子，子又有孫；」

北山愚公長歎說：
連寡婦、
孤兒都比不上！
你的心真是
頑固，頑固得到
了冥頑不靈的
地步！

即使我死了還有
兒子在呀！兒子
又生孫子……
愚公

兒子
兒子
的兒子
孫子
孫子的
孫子
孫子的
兒子的
孫子

「子子孫孫，無窮匱也；而山不加增，何苦而不平？」河曲智叟亡以應。操蛇之神聞之，懼其不已也，告之於帝。

「我的子孫無窮盡，而山卻不會加大增高，還怕挖不平嗎？」

河曲智叟無言以對。

山裏的蛇神聽聞，怕愚公沒完沒了的挖下去，向天帝稟告其事。

帝感其誠，命夸娥氏二子負二山，一厝朔東，一厝雍南。自是，冀之南，漢之陰，無隴斷焉。

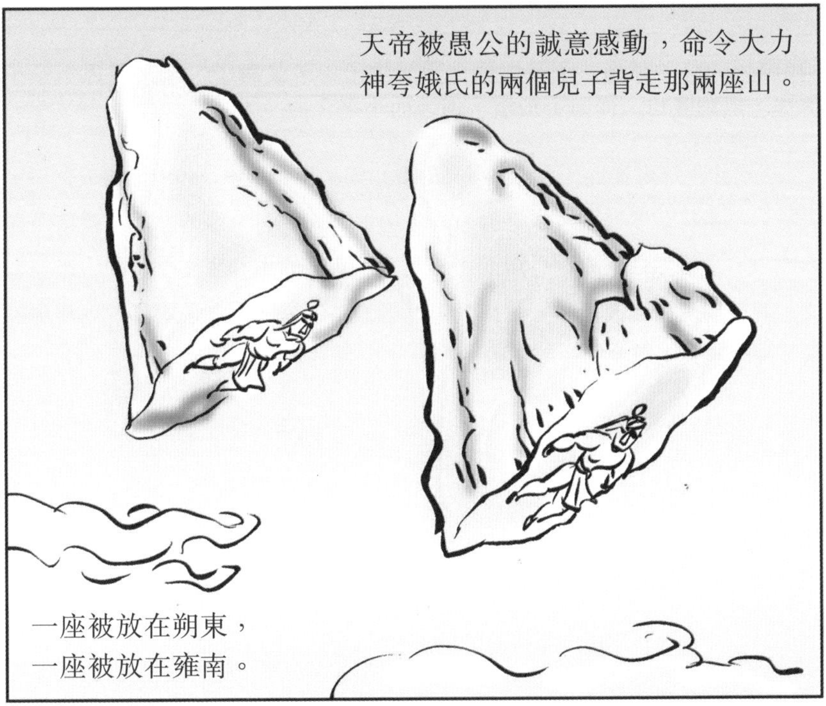

天帝被愚公的誠意感動，命令大力神夸娥氏的兩個兒子背走那兩座山。

一座被放在朔東，
一座被放在雍南。

從此，冀州的南部直到漢水之南，再無高山阻隔了。

「我雖死，有子存焉；子又生孫，孫又生子；子又有子，子又有孫；子子孫孫，無窮匱也；而山不加增，何苦而不平？」

從寫作手法來賞析，此句為本文的中心句，表面意思是作者借愚公之口，說明對待事物或問題不可操之過急，急功近利，要有長遠的打算及堅持不懈的恆心，這樣做任何事都可辦成。其實還將有限的山和生生不息的人來作對比，對比的運用還將愚公、智叟、山神等人物形象和個性淋漓盡致地揭示出來，深化本文主題。

10 莊子（節選）

逍遙遊（節錄）

莊子，姓莊名周，戰國時代人。他是著名的道家思想哲學家，老子的繼承者，人稱「老莊之道」，其關係之密切，猶如孔子和孟子。

《逍遙遊》是莊子哲學著作三十三篇的第一篇，其想像奇特，自由奔放，無拘無束。

惠子（姓惠名施）和莊子的關係很有趣，既是好友也經常互相「抬槓」，莊子看不慣惠子在官場鑽營，惠子也對莊子的逍遙哲學不以為然。

莊子經常藉惠子跟自己辯論一番，但多為寓言性質，並不真正反映惠施的思想。

惠施借「大而無用」之物事來暗諷莊子，而莊子一一化解，指出「無用」的大葫蘆，其實可作腰舟，進而說到不龜手藥的「妙用」，引申「有用」和「多用」並非絕對，要點是怎樣看待那事物，善於運用其特質特性。

莊子的思想是自由的，不拘泥於成見。他與惠施的辯論，指出「大而無用」的大樗樹其實「有用」得很！首先，可以種於無何有之鄉（精神上的境界）而逍遙乎寢臥其下；再者，那「匠人不顧」的樹木，可「不夭斤斧，物無害者」，又有何不好呢？

莊子・逍遙遊(節錄)

惠子謂莊子曰：「魏王貽我大瓠之種，我樹之成而實五石。以盛水漿，其堅不能自舉也。

莊子與惠子是好朋友，喜歡在樹下辯論。這一次，惠子對莊子說：
魏王曾送我一些大葫蘆的種子……

有收成了，大葫蘆有五石之巨！
用它盛水，一提起就裂開，單薄之極！

剖之以為瓢，則瓠落無所容。非不呺然大也，吾為其無用而掊之。」莊子曰：「夫子固拙於用大矣！

於是我把它剖開做水瓢。

卻大得無處可容！

「大而無當」的東西，我乾脆把它毀了！

閣下實在不善於使用大的東西啊！
!

莊子・逍遙遊（節錄）

宋人有善為不龜手之藥者，世世以洴澼絖為事。客聞之，請買其方百金。聚族而謀曰：『我世世為洴澼絖，不過數金；今一朝而鬻技百金，請與之。』

他的家族世世代代都以漂染業為生，而此藥方塗在手上可防止皮膚龜裂……
話說宋國有人善於製造一種藥……

有人願意出百金買下這個藥方。

我們世代漂洗絲絮，所得不過數金……

現在一下子就可得到百金，就賣給他吧!

莊子・逍遙遊(節錄)

客得之，以說吳王。越有難，吳王使之將，冬與越人水戰，大敗越人，裂地而封之。能不龜手一也；或以封，或不免於洴澼絖，則所用之異也。

此人得到藥方後，就獻給吳王。
好了！我正要用得着！

吳王封他為官，於冬日與越軍水戰。

越軍沒有那種藥，手都龜裂了，大敗。吳王大大賞賜了獻藥者。

同一藥方，使用不同便有不同的回報。

今子有五石之瓠，何不慮以為大樽而浮於江湖，而憂其瓠落無所容，則夫子猶有蓬之心也夫！」

你有這些大葫蘆卻不懂得利用！
把它製成「腰舟」浮游於江湖，太棒了！
並非那大葫蘆沒用，而是閣下的心茅塞不通啊！
你別得意我再舉一個大而無當的例子……

莊子・逍遙遊(節錄)

惠子謂莊子曰：「吾有大樹，人謂之樗；其大本擁腫而不中繩墨，其小枝卷曲而不中規矩。立之塗，匠者不顧。今子之言，大而無用，眾所同去也。」

我有一棵大樹，它的樹幹臃腫，沒一處是直的。
小枝扭曲而不合規矩……
立在路上，木匠都不屑一顧！
就像現在你的言論，大而無用，所有人都會鄙棄呢！

莊子・逍遙遊(節錄)

莊子曰：「子獨不見狸狌乎？卑身而伏，以候敖者；東西跳梁，不辟高下，中於機辟，死於罔罟。今夫斄牛，其大若垂天之雲；此能為大矣，而不能執鼠。今子有大樹，患其無用，

你沒見過野貓和黃鼠狼嗎？
牠蹲身下伏，
等待路過的
獵物……

牠上竄下跳不避高
低，最終跌入機關，
死於網羅裏。

再看牦牛，
牠身大如天邊的雲，
卻不能捉老鼠。

何不樹之於無何有之鄉，廣莫之野，彷徨乎無為其側，逍遙乎寢臥其下；不夭斤斧，物無害者。無所可用，安所困苦哉？」

你何不把那「無用」的大樹，種在無何有之鄉。

廣漠曠野，徘徊自得在樹邊，優遊自在臥於樹下。

大樹雖是「無所可用」，但不會有人砍它，還有啥可擔心？
???

「今子有大樹，患其無用，何不樹之於無何有之鄉，廣莫之野，彷徨乎無為其側，逍遙乎寢臥其下。不夭斤斧，物無害者，無所可用，安所困苦哉！」

莊子對惠子說：「你現在有一棵大樹，擔憂它無用，為甚麼不把它種在虛無之鄉，廣闊無邊的原野，隨意徘徊在它的樹側，逍遙自在地躺在樹的下面。這樣大樹就不會遭到斧頭的砍伐，也沒有甚麼東西會傷害它。它既然沒有用處，又哪裏會有甚麼困苦呢？」

由此可見，莊子的逍遙思想是自由的，志在不受任何拘束，追求悠然自得的生活樂趣。

庖丁解牛

《庖丁解牛》出自莊子著作《養生主》，本文所選為《養生主》篇首二節，「庖丁解牛」四字，非《莊子》原有，是後人所加。

庖丁為文惠君解牛，解釋自己能順着牛的天然結構，使刀刃在牛體的空隙處運轉，令刀刃不會碰到牛的筋肉和骨頭。箇中道理與「養生之道」彼此相通。文惠君因此領悟到做事或治國一樣，只要像庖丁一樣尋找關節的空隙，不亂砍亂割，就能找出關鍵所在，順手自然解決問題。

莊子通過「庖丁解牛」的寓意故事，說明養生之道在於順應自然，才能保護自體和天性，頤養精神，享盡天年。

吾生也有涯，而知也無涯；以有涯隨無涯，殆已！已而為知者，殆而已矣。為善無近名，為惡無近刑；緣督以為經，可以保身，可以全生，可以養親，可以盡年。

吾之生命有限，而知識則無窮。
以有限追求無窮，是危險的。
若認為這樣做是智者，就更危險了！
做善事不要考慮名聲，做惡事不要觸及刑法。
順着督脈（中道）而行，可以保身，可以全生，可以奉養父母，可以得享天年。

莊子・庖丁解牛

庖丁為文惠君解牛，手之所觸，肩之所倚，足之所履，膝之所踦，砉然嚮然，奏刀騞然，莫不中音；合於桑林之舞，乃中經首之會。

庖丁（廚子）為文惠君（魏惠王）宰牛，手之所觸，肩之所倚，足之所履，膝之所踦（頂着），都發出皮骨分離的響聲。

以刀宰割時，沒有不合音律的，像《桑林》之舞，以及《經首》樂章之節奏。

莊子・庖丁解牛

文惠君曰：「譆，善哉！技蓋至此乎？」庖丁釋刀對曰：「臣之所好者，道也，進乎技矣。始臣之解牛之時，所見無非牛者；三年之後，未嘗見全牛也。

嘻！
善哉！！
你的技術何以能到此地步呢？

庖丁放下刀，對曰：
臣之所好者，道也！已超越技術了。

臣最初宰牛時，所見無非是一頭牛……

三年後，眼中再不是完整的牛了！

莊子・庖丁解牛

方今之時，臣以神遇而不以目視，官知止而神欲行。依乎天理，批大郤，導大窾，因其固然；技經肯綮之未嘗，而況大軱乎！良庖歲更刀，割也；族庖月更刀，折也。

現在，臣以心神與牛接觸而不以目視，感官全部停止而憑心神進行（解牛）……
順着牛的天然肌理，在縫隙之間、骨節空處上用刀！順着牛的身體結構，肉骨糾纏之處避開用刀，大骨更不會去碰！

技術好的廚子每年更換一把刀，是割壞的。
一年

一般廚師每月更換一把刀，因為是用砍的。
一月

莊子・庖丁解牛

今臣之刀十九年矣，所解數千牛矣，而刀刃若新發於硎。彼節者有間，而刀刃者無厚；以無厚入有間，恢恢乎其於遊刃必有餘地矣！是以十九年而刀刃若新發於硎。

今臣之刀用了十九年，所解之牛有數千頭，而刀刃仍若新磨一樣。
牛的骨節有間隙，而刀刃不厚，以不厚入有間，寬寬乎遊刃有餘也。
所以，十九年來刀刃還像新磨一樣鋒利。

雖然，每至於族，吾見其難為；怵然為戒，視為止，行為遲，動刀甚微，謋然已解，如土委地。提刀而立，為之四顧，為之躊躇滿志，善刀而藏之。」文惠君曰：「善哉！吾聞庖丁之言，得養生焉。」

雖則如此，我每當碰到筋骨交錯之處，我認為比較難的，就會提高警惕，動作也會慢下來……

動起刀來
非常輕，
豁啦一聲，
骨和肉解開了，
就像泥土
散落在地上一樣。

我提刀而立，為之四顧，為之躊躇滿志，拭刀而藏之。
善哉！
吾聞庖丁之言，
得養生焉！

「始臣之解牛之時，所見無非牛者；三年之後，未嘗見全牛也。」

當我剛開始宰牛的時候，（對於牛體的結構還不了解），看見的只是整頭的牛。三年之後，再也看不見整頭的牛了（見到的是牛的內部肌理筋骨）。

「庖丁解牛」的故事說明世上事物紛繁複雜，只要反復實踐，掌握了它的客觀規律，就能得心應手，運用自如。此文也是成語「庖丁解牛」的出處。「目無全牛」、「遊刃有餘」、「躊躇滿志」，也同出本文。試試看你是否都能從文中找出並理解成語的意思了嗎？

11 孟子（節選）

魚我所欲也

此文出自《孟子・告子上》。《孟子》一書為語錄體，以答問方式來闡明孟子的思想學説。其學説最主要的中心思想是「性善論」。

《魚我所欲也》開首以魚與熊掌不可兼得作引，帶出「生命」與「大義」之間的取捨道理。孟子認為人性是善良的，就如水往低處流，人皆有惻隱之心、羞惡之心、辭讓之心、是非之心。

若果生存有着更高的理想，懂得辨別「義」和「利」，就明白捨生取義的道理。

孔孟所宣揚的「義」，並非現代狹義所解的「義氣」，而是「道義」和「正義」！孟子以乞人不受、不吃嗟來之食為例，論證捨生取義應是人皆有之。不辨禮義而接受萬鍾的俸祿，為了宮室、妻妾等種種利益而背離正義、道義，皆不可取。

在《魚我所欲也》中，孟子闡明了義重於生，義重於利和不義可恥的道理，並重點提出做人不要「失其本心」。

孟子・魚我所欲也

孟子曰：「魚，我所欲也，熊掌，亦我所欲也；二者不可得兼，舍魚而取熊掌者也。

魚，我
所欲也
熊掌，亦
我所欲也
如果二者不
可兼得，捨
魚而取熊掌
者也！

孟子・魚我所欲也

生，亦我所欲也，義，亦我所欲也；二者不可得兼，舍生而取義者也。

生，亦我所欲也，
義，亦我所欲也……
若二者不可得兼……
我會捨生取義者也!!
為了正義，絕對不會苟且偷生！
生命是要珍惜的，但還有比生命更高的價值存在……

生亦我所欲，所欲有甚於生者，故不為茍得也；死亦我所惡，所惡有甚於死者，故患有所不辟也。

我當然厭惡死亡，但有比死亡更令我厭惡的……
死神
混帳！有比死亡更令人受不了的嗎？
死神
不義
面對不義的事情，即使遭到災禍也不會躲避！

孟子・魚我所欲也

如使人之所欲莫甚於生，則凡可以得生者，何不用也？使人之所惡莫甚於死者，則凡可以辟患者，何不為也？由是則生而有不用也，由是則可以辟患而有不為也。是故，所欲有甚於生者，所惡有甚於死者，非獨賢者有是心也，人皆有之，賢者能勿喪耳。

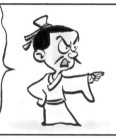

如果沒有比生命更高層次的道德觀，那麼凡是能夠用來求生的任何手段都可以用上了！

如果所厭惡的沒有超過死亡，那麼凡是能夠用來逃避災禍的壞事，哪一樣不可以幹呢？

不肯為了生存或避禍而不擇手段的，皆因有比生死更高層次的理想也！
此心非賢者獨有，是人皆有之。不過賢者能夠保持不喪失啊！

一簞食，一豆羹，得之則生，弗得則死。嘑爾而與之，行道之人弗受；蹴爾而與之，乞人不屑也。

一碗飯
一碗湯
吃了就能活，
不吃就餓死。

嗟！
來吃！
可是，呼呼喝喝地叫人來吃……

連過路的飢民也不會接受。

吃飯糰吧！
踢着給別人吃，連乞丐也不屑一顧。

萬鍾則不辨禮義而受之，萬鍾於我何加焉？為宮室之美、妻妾之奉、所識窮乏者得我與？

若是見了優厚俸祿就不辨「禮義」地接受了，這有何好處呢？

是為了住宅的華麗？

為了妻妾的侍奉？為了所認識的窮人感激我的恩惠？

鄉為身死而不受，今為宮室之美為之；鄉為身死而不受，今為妻妾之奉為之；鄉為身死而不受，今為所識窮乏者得我而為之，

屋契

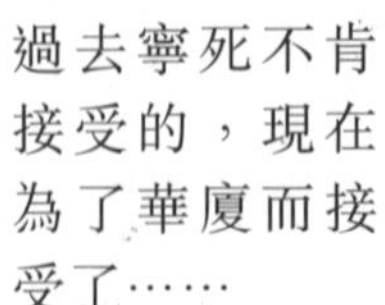
過去寧死不肯
接受的，現在
為了華廈而接
受了……

為了得享妻妾
而接受了……

為了窮人的
感激而接受
了。

是亦不可以已乎？此之謂失其本心。」

這種做法是否
可以停止呢？

此之謂「失其本
心」啊！

「萬鍾於我何加焉？」

「萬鍾」：《左傳 • 昭公三年》中記載：「釜十則鍾。」

戰國時，各國的量器名稱不同，進位制也不同。例如齊國，五升為一豆，五豆為一區，五區為一釜，十釜為一鐘；楚國五升為一筲；秦國十升為一斗，十斗為一斛。

後來，斗和斛成為主要的量器，從西漢至唐朝各代的合、升、斗、斛基本都按十進制計算。

寡人愿安承教

本文記述孟子與梁惠王的對話，旨在向梁惠王説明施行仁政自然國富家強的道理。孟子引導梁惠王反省執政者應自覺愛民，以民為本，並以「率獸食人」的殘忍行為作反面比喻。孟子更指出，即使幅員只百里的小國，若國君推行仁政，「省刑罰，薄稅斂」，使人民安居樂業，生活安定，然後教化他們「考悌忠信」，國家就能富強，而民心所向，即使手執木棒也可戰勝堅甲利兵的強國。

「仁政」是孟子政治思想的核心，亦是儒家主要的社會主張，「仁者無敵」的道理，直至現代的政治理論，也是百分百適同的。

孟子・寡人愿安承教

梁惠王曰：「寡人願安承教。」
孟子對曰：「殺人以梃與刃，有以異乎？」
曰：「無以異也。」
「以刃與政，有以異乎？」
曰：「無以異也。」

寡人願專心聽取你的指教！
註：孟子見梁惠王，打算說服他施行「仁政」。

殺人用木棍或刀子，有分別嗎？

沒有分別！

用刀殺人或被暴政害死，有分別嗎？
沒有分別！

曰：「庖有肥肉，廄有肥馬，民有飢色，野有餓莩，此率獸而食人也。獸相食，且人惡之；為民父母行政，不免於率獸而食人，惡在其為民父母也？仲尼曰：『始作俑者，其無後乎！』為其象人而用之也。如之何其使斯民飢而死也？」

廚房有肥肉，馬廓有肥馬，百姓卻面帶飢色，野外有餓死的屍體……
這有如率領着野獸吃人啊！

野獸自相蠶食，人見了也會噁心，為民父母官的施政，竟免不了率獸吃人，哪裏配當百姓的父母官呢？

孔子說：第一個製作陶俑陪葬的人，恐怕該斷子絕孫的！因為太酷似真人了！這樣都尚且不可，現在為何竟讓百姓餓死呢？

梁惠王曰：「晉國，天下莫強焉，叟之所知也。及寡人之身，東敗於齊，長子死焉；西喪地於秦七百里；南辱於楚。寡人恥之，願比死者壹洒之，如之何則可？」

孟子對曰：「地方百里而可以王。王如施仁政於民，省刑罰，薄稅斂，深耕易耨，

當年天下沒有比晉國更強的國家了，這個你也知道的。可是而今到了我當政，被東邊的齊國打敗，連我的長子也陣亡了……
註：梁惠王的魏國，從前也是晉國的一部分，當年的晉國是最強的，但最後被韓、趙、魏瓜分，史稱「三家分晉。」

西邊七百里地喪於秦國，南邊又被楚國欺侮。我為此感到非常羞恥，願為戰死者報仇雪恨，你說我該怎麼辦？

孟子回答：方圓百里的小國都能取得天下。大王如果施行仁政於民，減刑罰、少賦稅，深耕細作……

壯者以暇日，修其孝悌忠信，入以事其父兄，出以事其長上，可使制梃以撻秦楚之堅甲利兵矣。彼奪其民時，使不得耕耨，以養其父母，父母凍餓，兄弟妻子離散。彼陷溺其民，王往而征之，夫誰與王敵？故曰：『仁者無敵。』王請勿疑！」

使壯健者有時間學習孝、悌、忠、信的道德修養，做到內以侍奉父兄，外以尊敬師長。

這樣，即使手持木棒也能戰勝秦、楚之堅甲利兵矣！

敵國侵略百姓土地，使不得耕作以養其父母，父母凍餓，兄弟妻子離散。他們虐害百姓，大王討伐他們，誰能為大王抵抗外敵？
故曰：仁者無敵，王請勿疑！

「故曰：仁者無敵，王請勿疑！」

孟子曾帶領門徒仿效孔子周遊各國，初時不被當時各國所接受，就退隱與弟子一起著書。《孟子》是由孟子及其再傳弟子共同編寫而成的儒家經典著作，現有七篇傳世：《梁惠王》上下；《公孫醜》上下；《滕文公》上下；《離婁》上下；《萬章》上下；《告子》上下；《盡心》上下。孟子主張「仁政」，推行以民為本，以人民的利益為主心。「仁者無敵，王請勿疑」是此段的菁華，也是成語「仁者無敵」的出處：孟子認為執政者想國富兵強，就要先得民心，讓人民安居樂業、生活安定。

12
九歌・山鬼

屈原

《九歌》是屈原收集整理民間祭曲後再加以潤飾的文學作品。《九歌》共十一篇，《山鬼》是其一。篇中人物是一位苦等情人赴約的女神，由於並非「正神」，故稱為「鬼」。

美麗的「山鬼」以第一人稱敘事，説她精心打扮，還在路上採了香花，來到約會情人的地點，可是苦候情人不至，山鬼心情起伏變化，一時埋怨一時又為情人找理由開脱，最後等到打雷下雨，猿猴夜鳴，終只落得「思公子兮」的自找憂愁。女兒家之心刻劃入微，精彩萬分！

此篇《山鬼》寫來情深意切，文字藝術精妙，千古傳誦不絕。

歷代曾亦有學者感到《山鬼》隱隱然有屈原的「自我投射」：屈原一心報效國家，但楚王偏聽，反放逐屈原。這情況的確與山鬼痴心等待的心情相彷。

九歌・山鬼

若有人兮山之阿，
被薜荔兮帶女羅。
既含睇兮又宜笑，
子慕予兮善窈窕。
乘赤豹兮從文狸，
辛夷車兮結桂旗。

仿佛有人在那山彎之處經過，是我身披香草的衣裳，腰間繫着藤蔓。眼波流盼嫣然一笑，公子啊你會愛慕我的窈窕多姿。
乘着赤豹，後面跟着貍貓，香木造的車，桂樹枝紮的旗。

被石蘭兮帶杜衡，
折芳馨兮遺所思。
余處幽篁兮終不見天，
路險難兮獨後來。
表獨立兮山之上，
雲容容兮而在下。

披着石蘭，帶着香草，折香花兒送給思念的人。

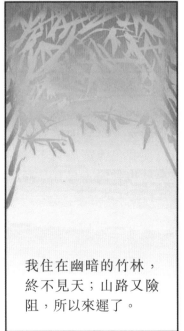

我住在幽暗的竹林，終不見天；山路又險阻，所以來遲了。

獨自站立在山之上，雲飛揚飄動在山之下。

九歌・山鬼

杳冥冥兮羌晝晦，
東風飄兮神靈雨。
留靈脩兮憺忘歸，
歲既晏兮孰華予。
采三秀兮於山間，
石磊磊兮葛蔓蔓。

陰陰沉沉，白天卻天色暗晦，
東風飄送着一陣神靈雨。

癡心地等待着心上人啊，我
會忘卻歸去；年紀大了，問
誰可以使我仍像花般美？採
靈芝草於山野間，只有磊磊
的亂石和亂生的藤蔓。

九歌・山鬼

怨公子兮悵忘歸，
君思我兮不得閒。
山中人兮芳杜若，
飲石泉兮蔭松柏。
君思我兮然疑作。
靁填填兮雨冥冥，
猨啾啾兮又夜鳴。
風颯颯兮木蕭蕭，
思公子兮徒離憂。

怨恨你，悵然忘歸。你思念我，
但不得空閒來找我嗎？
我這山中人有如香草，飲着石
泉，在松柏蔭下休息。

你真的在思念我嗎？
我禁不住懷疑！
雷聲隆隆，細雨濛濛……
猿聲啾啾，夜裏哀叫。
風過颯颯，木葉蕭蕭，
思念公子的我啊在自尋煩惱！

「靁填填兮雨冥冥，猨啾啾兮又夜鳴。
風颯颯兮木蕭蕭，思公子兮徒離憂。」

《九歌》是屈原所著，是在民間歌謠基礎上的再創造。「山鬼」，即山中神，女性，但不是正神，故稱鬼。這首詩有多層次的意涵，山鬼身上有作者屈原的心志投射，包含着他忠君憂國的思想，與他的生平、情志相符。

「靁填填」、「雨冥冥」、「猨啾啾」、「風颯颯」、「木蕭蕭」等對自然景物的描寫，既是對氣氛的渲染，又是對心理活動的表述。雷聲雨聲彷彿呼應着山鬼的心跳和雨水，加上猿聲哀應，又值長夜，心悲不已，風聲颯颯，落葉聲蕭蕭，天地萬物為山鬼發出悲鳴，山鬼的癡情得不到回報，感到不平與孤寂，就像屈原空有一身抱負卻無處投放，於是發出內心痛切的呼號。

用現代的普通話或粵語去讀《楚辭》都會有不協調的情況出現。按楚辭用韻情況概括出楚辭時代的韻部，叫做古韻，用古韻讀楚辭，才可保持詩歌的韻律感和聲情美。

13
勸學（節錄）

荀子

荀子（戰國末年人，生卒年不詳）。他是孔孟之後的儒學思想家。

他和孟子雖同宗儒家，但觀點迥異，孟子主張「性善」，即所有人的本質都是好的，只須導引出其善的「本心」就成；而荀子主張「性惡」，認為必須通過學習除掉惡性，培養向善之心。

《勸學》是《荀子》十二篇文章的開篇之作，原文頗長，有不同的節錄故事，此乃其中一種。

荀子之學，強調教化，即外在之學習。荀子此《勸學》篇，即本此意。

《說文》：「勸，勉也。」勸學者，勉學也。

荀子勉勵學子，須不斷吸收知識，就好像木受繩（以墨斗之繩在木口彈出直線，依線而鋸）則直，金就礪（磨刀石）則利。

博學而又勤於反省，則智慧清明，不會行差踏錯了！

荀子身處百家爭鳴年代，當時諸子文章善用比喻，將抽象之理，用較具象的類比道來，以增其趣味。如以下的「順風而呼」，聲不必大而可遠傳；懂得「假（借助）舟楫」又何須善泳？「假（借助）輿馬」當然比自己的兩足跑得快！

之前的比喻，集中論述方法正確就事半功倍。如「君子」與常人無有不同，只是善於借助外物，即持續「讀書學習」以增進自己的學問。

而接着的，就是「積少成多」的比喻：雖是小步，但累積起來就可行走千里；涓涓小流，匯合就成了江海。

古人文章，很多時重「對偶」之運用，如「木受繩則直，金就礪則利。」又如「登高而招」對「順風而呼」。

而我們耳熟能詳的成語，如「青出於藍」、「冰寒於水」、「鍥而不捨」皆出自此名篇。

勸學（節錄）

君子曰：學不可以已。青，取之於藍，而青於藍；冰，水為之，而寒於水。

君子說：學習是不可以停止的。

靛青（染布顏料）是由藍草提取的，但比藍草的顏色更美。

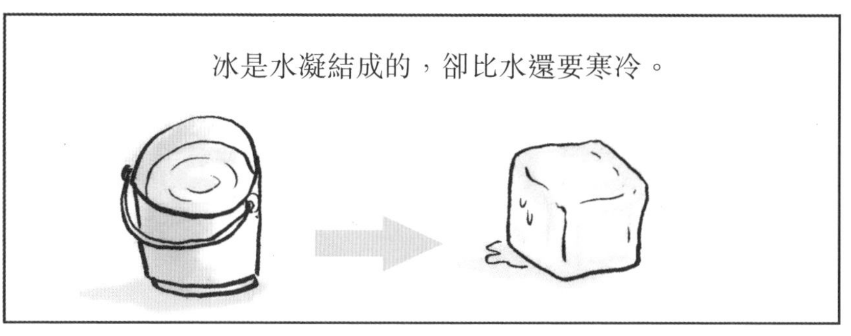
冰是水凝結成的，卻比水還要寒冷。

勸學（節錄）

木直中繩，輮以為輪，其曲中規，雖有槁暴、不復挺者，輮使之然也。

這木材，直得符合「拉墨繩」……

若用「輮」的工藝把它製成車輪，它可以彎得合乎圓規呢！

所謂「輮」，是把木材浸濕後，用火將它烤彎。

一旦製成車輪，即使風吹日曬也不會變回「直」的了。
這是因為經過「輮」之過程也！

勸學（節錄）

故木受繩則直，金就礪則利，君子博學而日參省乎己，則知明而行無過矣。

所以木材用墨線處理後，
就能取得直線。

這是古代工匠用來「打墨線」的「墨斗」

金屬刀具在磨刀石上磨過就會鋒利。

君子廣泛地學習並每日反省，那麼他就會智慧清明，行為不會有過失了！

勸學（節錄）

吾嘗終日而思矣，不如須臾之所學也；吾嘗跂而望矣，不如登高之博見也。登高而招，臂非加長也，而見者遠。

我曾整日思考問題，卻比不上片刻學習所得。

我曾經踮起腳尖遠望……

企着高翹腳跟遠望，不如站在高處看得廣闊。

登到高處招手，手臂並沒有加長，可是遠方的人都會看見。
小心！

勸學（節錄）

順風而呼，聲非加疾也，而聞者彰。假輿馬者，非利足也，而致千里；

順着風向呼叫，不必加大聲音而聽者都聽得很清楚。
順
風

逆風

借助車馬的人，不須自己腳走得快也可日行千里。

勸學（節錄）

假舟楫者，非能水也，而絕江河。君子生非異也，善假於物也。

借助舟船的人，毋須懂得游泳，也可以橫渡江河。

君子跟其他人沒有甚麼不同……
只是善於借助外物罷了！

勸學（節錄）

積土成山，風雨興焉；積水成淵，蛟龍生焉；積善成德，而神明自得，聖心備焉。

積土成了高山，就容易有風雨……

積水成了深淵，就會生出蛟龍。

積累善行而成就高尚品德，自然就會心智澄明……
也就具備聖人的精神境界了！

勸學（節錄）

故不積跬步，無以至千里；不積小流，無以成江海。

故此，若不累積那怕只是一步半步的行程……

也就無法達到千里之遠。

若沒有累積細小的流水……

就無法成為大江大海了！

勸學（節錄）

騏驥一躍，不能十步；駑馬十駕，功在不舍。鍥而舍之，朽木不折；鍥而不舍，金石可鏤。

駿馬一躍，也不及十步之遙，劣馬拉車走上十天，也會走得很遠，成功關鍵在於持續前行。

雕刻者若工作不久就停下來，那麼連腐爛的木頭也刻不了。

雕刻者若不停地刻下去，那麼金石也可雕刻成功啊！

勸學（節錄）

蚓無爪牙之利，筋骨之強，上食埃土，下飲黃泉，用心一也。蟹六跪而二螯，非蛇蟺之穴無可寄託者，用心躁也。

蚯蚓沒有尖牙利爪和強健筋骨，卻能上可吃到泥土，
下可喝到土中泉水。

螃蟹有六條腿，二隻蟹鉗……

這裏打個岔，有論者說螃蟹「六足」是不對的，應是「八足」。但世上的確有六足的螃蟹，荀子老師沒有錯！

但若沒有蛇洞鱔穴，則無處容身，這是因為螃蟹不專心也！
請勿打擾
?!

「故不積跬步，無以至千里；不積小流，無以成江海。騏驥一躍，不能十步；駑馬十駕，功在不舍。鍥而舍之，朽木不折；鍥而不舍，金石可鏤。」

「跬步」跬，同「蹞」。走路時，兩足各舉一次為一步，半步曰蹞。

「騏驥」駿馬。

「駑馬」鈍馬。「十駕」十天的行程。

這一段的精彩之處在連用了六個比喻，構成三組對比：用駿馬和鈍馬對比，説明知識的積累，不論先天優劣，而在於後天努力；用舍與不舍對比，説明持之以恆，方有所成；用蚯蚓和蟹對比，説明專心亦可將勤補拙。

14 諫逐客書

李　斯

秦王政十年（公元前 237 年），秦始皇下令驅逐在秦國的客卿謀士（現在經常說的下「逐客令」，典源亦由此而來。）。當時的本土貴族和大臣們，因利益衝突亦推波助瀾，請求把外來客卿一律驅逐。

李斯，楚國上蔡人，和韓非子一起師從荀子學習「帝王之術」，是法家的代表人物。但作為外來的客卿，李斯當然也在被驅之列，故而途中上書進諫，請始皇收回成命。

在《諫逐客書》之文章裏，李斯列舉從前為秦國效力的客卿所帶來的貢獻，五位客卿「不產於秦，而穆公用之，并國二十，遂霸西戎。」說完有關國運的大事，李斯又羅列秦王日常享用之物品，甚麼崑山之寶、明月之珠、太阿之劍、夜光之壁、翠鳳之旗、靈鼉之鼓……統統皆產自外國。還有那娛心意、悦耳目的樂手歌妓也是外來的，若統統趕走，也就沒戲唱了！

總之，「逐客」的不良後果立竿見影，不可取也！秦皇看了李斯的諫書，終收回成命，派人將其追回，並復其官職。

李斯學識廣博，文采斐然，之後得到秦王賞識，於滅六國霸業中起了很大作用。可惜始皇駕崩之後，與趙高合媒偽造遺詔，迫長子扶蘇自殺，立少子胡亥為二世皇帝。後為「指鹿為馬」的趙高所忌，腰斬於咸陽，並夷三族。

臣聞吏議逐客，竊以為過矣。

昔繆公求士，西取由余於戎，東得百里奚於宛，

臣（我）聽聞官吏在商議驅逐列國客卿出秦國，我認為這是錯誤的。

昔日秦繆公尋求賢士，從西邊的戎國取得由余，從東邊的宛地得到百里奚。

迎蹇叔於宋，來丕豹、公孫支於晉。此五子者，不產於秦而繆公用之，并國二十，遂霸西戎。

從宋國迎來蹇叔，又經晉國招來丕豹、公孫支。

此五子並非秦國人而為繆公所用，有了他們的幫助，秦國吞併了二十國而稱霸西戎。
秦

孝公用商鞅之法，移風易俗，民以殷盛，國以富彊；百姓樂用，諸侯親服；獲楚魏之師，舉地千里，至今治彊。

秦孝公採用商鞅變法，移風易俗，百姓眾多、生活殷實，國家因此富強。

百姓樂意為國效力，諸侯親近歸服，戰勝楚、魏兩國之師，得土地千里，至今安定強盛。

惠王用張儀之計，拔三川之地，西幷巴蜀，北收上郡，南取漢中，包九夷，制鄢郢，東據成 之險，割膏腴之壤；遂散六國之從，使之西面事秦，功施到今。

秦惠王採用張儀之計，攻下三川之地，西進兼併巴蜀，北上收取上郡，南下直取漢中。席捲九夷各部落，控制鄢郢（楚都），東據咸皋天險，割取肥田沃土。

遂拆散六國合縱之術，使他們朝向西面事奉秦國，其功績延續至今。

昭王得范睢，廢穰侯，逐華陽，彊公室，杜私門；蠶食諸侯，使秦成帝業。此四君者，皆以客之功。由此觀之，客何負於秦哉？

秦昭王得到范睢之功，廢黜穰侯，逐華陽君，加強王室權力，杜絕權貴弄權之局面。
蠶食各方諸侯領地，使秦國成就帝王大業。
這些君主皆依靠客卿之功。由此看來，客卿哪有對不住秦國的地方呢？

向使四君卻客而不納，疏士而不用，是使國無富利之實，而秦無彊大之名也。

今陛下致昆山之玉，有隨和之寶，垂明月之珠，服太阿之劍，乘纖離之馬，建翠鳳之旗，樹靈鼉之鼓。此數寶者，秦不生一焉，

倘若當初四位君主拒絕客卿而不納，疏遠賢士而不用，這樣就會使國家失去豐厚的實力，而秦國就沒有強大的名聲了。

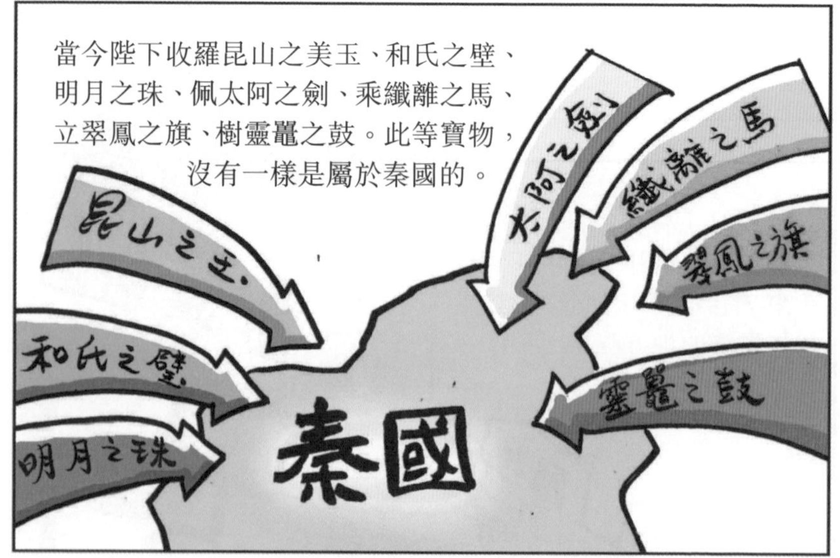
當今陛下收羅昆山之美玉、和氏之壁、明月之珠、佩太阿之劍、乘纖離之馬、立翠鳳之旗、樹靈鼉之鼓。此等寶物，沒有一樣是屬於秦國的。
太阿之劍
纖離之馬
翠鳳之旗
昆山之玉
和氏之璧
靈鼉之鼓
明月之珠
秦國

而陛下說之，何也？必秦國之所生然後可，則是夜光之璧不飾朝廷，犀象之器不為玩好，鄭衞之女不充後宮，而駿良駃騠不實外廄，江南金錫不為用，西蜀丹青不為采。

而陛下悅之，何也？如果一定要是秦國出產的才可用，那麼朝廷的裝飾就沒有夜光寶石，陛下也沒有犀角象牙之玩物。
!
鄭國、衛國的美女也不會到陛下後宮作妃嬪，
北方的良馬名駒也不會充實陛下的馬房，
江南的金、錫不會為陛下所用，而蜀的丹、青顏料也不會為陛下作彩飾。

所以飾後宮、充下陳、娛心意、說耳目者，必出於秦然後可，則是宛珠之簪、傅璣之珥，阿縞之衣、錦繡之飾，不進於前，而隨俗雅化、佳冶窈窕，趙女不立於側也。夫擊甕叩缻，彈箏搏髀，而歌呼嗚嗚快耳者，真秦之聲也；

用來裝飾後宮、充實殿堂、娛樂心意、悦人耳目的，都必定要出產於秦才可用的話，則宛珠髮簪、珍珠耳墜、絲織衣物、錦繡之飾，都不會獻給陛下，而那些優雅的窈窕佳麗，也不會侍立在陛下身旁。
嗚～嗚～
那敲擊陶器，彈箏拍髀，唱歌以娛人耳目的，確是地道的秦國音樂。

鄭衛桑間，昭虞武象者，異國之樂也。今棄擊甕叩缻而就鄭衛，退彈箏而取昭虞，若是者何也？快意當前，適觀而已矣。今取人則不然！不問可否，不論曲直，非秦者去，為客者逐。然則是所重者在乎色樂珠玉，而所輕者在乎人民也。

那鄭、衛桑間音樂，《昭虞》《武象》等樂曲，可算是國外的音樂了。如今陛下棄秦國的敲擊樂而就鄭衛，不要彈箏而取《昭虞》，為甚麼呢？

快意之感覺，滿足耳目官能而已！
但陛下用人取士之道卻不是這樣……
色樂
不問有用無用，不論是非曲直，非秦國人就要離去，凡是客卿都要驅逐。說明了陛下重色樂珠玉，而輕百姓也！

此非所以跨海內、制諸侯之術也。

臣聞地廣者粟多，國大者人眾，兵彊則士勇。是以太山不讓土壤，故能成其大；河海不擇細流，故能就其深；

臣聞地廣者糧多，
國大者人眾，
兵強則將士
驍勇……
這並非可以跨
海內，制諸侯
之術也！

是以泰山不拒絕土壤，故
能成其大；

河海不揀擇細流，故能成
其深。

王者不卻眾庶，故能明其德。是以地無四方，民無異國，四時充美，鬼神降福：此五帝三王之所以無敵也。今乃棄黔首以資敵國，卻賓客以業諸侯，使天下之士退而不敢西向，裹足不入秦；此所謂藉寇兵而齎盜糧者也。

王者不會拒絕庶民百姓，故而彰明其德行。是以土地無分東南西北，百姓
歡迎
不論異國他邦，四時充美，鬼神降福，此五帝三王之所以無敵也。

如今拋棄百姓以供給敵國，拒絕客卿以改奉諸侯，使天下之士退而不敢向西，裹足不入秦國……
此之謂「送武器糧食給敵寇」者也！

夫物不產於秦，可寶者多；士不產於秦，而願忠者眾。今逐客以資敵國，損民以益讎，內自虛而外樹怨於諸侯；求國無危，不可得也。

物品非秦國出產的，可寶貝者甚多；

賢士非秦國人而願效忠陛下者亦為數甚眾。

今逐客以資敵國，削弱本國利益而使仇敵得利，驅逐客卿投奔諸侯而構樹新怨；
求國無危，那是不可能啊！

「傅璣之珥」

「傅」，通「附」，鑲嵌。

「璣」，泛指珍珠。

「珥」，珥璫。古代冠兩旁的垂珠，也泛指女子的珠玉首飾，類似現今的耳環、耳墜。

15 女媧補天

《淮南子》

本文節錄自《淮南子・覽冥訓》，《淮南子》原名《鴻烈》，又稱《淮南鴻烈》，成書於西元前 139 年以前，是西漢淮南王劉安及其幕僚士大夫的集體創作。 此書內容廣博，是漢初各派學術思想的總匯，被視為諸子百家中「雜家」(雜家：顧名思義博采百家之所長，是先秦哲學思想學派之一) 的代表作。

女媧補天是一段很精彩的中國神話，人物生動，氣勢磅礴。天上穿了一個大洞，女媧煉七色石以補天，天幕塌了下來，於是用巨龜的四足撐住……這想像力令人嘆為觀止，反映初民對「混沌初開」，宇宙天地形成的想像。

這個神話故事，流傳至今已經家喻戶曉。文學名著《紅樓夢》的主角來源，就是女媧補天用剩的一塊石頭。這塊滄海遺珠的靈石，每天在青埂峰下悲鳴，被一經過的僧人將它變成一塊晶瑩美玉，後來引發出一段段情意綿綿淚灑紛紛的感人故事。

女媧補天

往古之時，四極廢，九州裂，天不兼覆，墜不周載。火爁炎而不滅，水浩洋而不息。

上古的時候，四方地極崩壞，九州裂開，天不再覆蓋大地，地不能承載萬物……

到處大火不滅，洪水不退。

猛獸食顓民，鷙鳥攫老弱。於是女媧鍊五色石以補蒼天，

猛獸吞食善良的人民，
惡鳥抓走老弱百姓。

於是女媧煉五色石以補青天。

斷鼇足以立四極，
殺黑龍以濟冀州，

斬大龜四足來作
撐天之柱。

殺黑龍以拯
救冀州百姓。

女媧補天

積蘆灰以止淫水。蒼天補，四極正，淫水涸，冀州平，狡蟲死，顓民生。

燒蘆葦積灰，阻擋洪水。

蒼天既補，四極也有了支柱，洪水退去，中原平安了。凶猛鳥獸死去，善良的人民可以生存下去了！

「於是女媧鍊五色石以補蒼天，斷鼇足以立四極，殺黑龍以濟冀州，積蘆灰以止淫水。」

鼇：傳說中海裏的大龜。鼇音「遨」。

濟冀州：濟，拯救。冀州，今河北、山西、河南黃河以北以及遼寧遼河以西的地方，古稱冀州，位於九州之中。這裏泛指中國的中原地帶。

淫水：淫，過度。氾濫的河水。

此句譯為：於是女媧帶領人民冶煉五色石來修補蒼天，砍下鼇足當擎天大柱，斬殺黑龍來平息冀州，堆積蘆灰來制止洪水。

本篇文章本無題目，現題為後人所加。女媧，是原始時代母系氏族社會神話中一個人面蛇身的女神。她的故事主要有造人和補天兩方面，本篇即為後者。摘選此句的描寫十分生動詳細，展現了古人豐富的想象，反映了古人渴望征服自然、創造美好生活的願望。尤其是文章中豐富的想象和對自然事物形象化的寫作方法，對後世文學創作影響甚廣，如常見白話文寫作中的擬人、比喻等寫作方法。「於是女媧鍊五色石以補蒼天，斷鼇足以立四極，殺黑龍以濟冀州，積蘆灰以止淫水。」

附：十五篇古文經典

國風‧關雎　　《詩經》

關關雎鳩，在河之洲。窈窕淑女，君子好逑。
參差荇菜，左右流之。窈窕淑女，寤寐求之。
求之不得，寤寐思服。悠哉悠哉，輾轉反側。
參差荇菜，左右采之。窈窕淑女，琴瑟友之。
參差荇菜，左右芼之。窈窕淑女，鐘鼓樂之。

天尊地卑　　《周易》

天尊地卑，乾坤定矣。卑高以陳，貴賤位矣。動靜有常，剛柔斷矣。方以類聚，物以羣分，吉凶生矣。在天成象，在地成形，變化見矣。是故剛柔相摩，八卦相盪，鼓之以雷霆，潤之以風雨。日月運行，一寒一暑，乾道成男，坤道成女，乾知大始，坤作成物。乾以易知，坤以簡能，易則易知，簡則易從。易知則有親，易從則有功，有親則可久，有功則可大。可久則賢人之德可大則賢人之業。易簡而天下之理得矣，天下之理得而成位乎其中矣。

周書•秦誓　　《尚書》

公曰：「嗟！我士，聽無嘩！予誓告汝羣言之首。古人有言曰：『民訖自若，是多盤。』責人斯無難，惟受責俾如流，是惟艱哉！我心之憂，日月逾邁，若弗云來！惟古之謀人，則曰『未就予忌』；惟今之謀人，姑將以為親。雖則云然，尚猷詢茲黃髮，則罔所愆。番番良士，旅力既愆，我尚有之。仡仡勇夫，射御不違，我尚不欲。惟截截善諞言，俾君子易辭，我皇多有之！昧昧我思之，如有一介臣，斷斷猗無他技，其心休休焉，其如有容。人之有技，若己有之。人之彥聖，其心好之，不啻若自其口出。是能容之，以保我子孫黎民，亦職有利哉！人之有技，冒疾以惡之。人之彥聖，而違之俾不達。是不能容，以不能保我子孫黎民，亦曰殆哉！邦之杌隉，曰由一人；邦之榮懷，亦尚一人之慶！」

大同與小康　　《禮記》

昔者，仲尼與於蜡賓，事畢，出遊於觀之上，喟然而歎。仲尼之歎，蓋歎魯也。言偃在側，曰：「君子何歎？」

孔子曰：「大道之行也，與三代之英，丘未之逮也，而有志焉。

大道之行也，天下為公：選賢與能，講信修睦。故人不獨親其親，不獨子其子；使老有所終，壯有所用，幼有所長，矜、寡、孤、獨、廢、疾者皆有所養；男有分，女有歸。貨，惡其棄於地也，不必藏於己；力，惡其不出於身也，不必為己。是故謀閉而不興，盜竊亂賊而不作，故外戶而不閉。是謂『大同』。」

「今大道既隱，天下為家；各親其親，各子其子；貨力為己；大人世及以為禮；城郭溝池以為固；禮義以為紀——以正君臣，以篤父子，以睦兄弟，以和夫婦；以設制度，以立田里；以賢勇知，以功為己。故謀用是作，而兵由此起。禹、湯、文、武、成王、周公，由此其選也。此六君子者，未有不謹於禮者也。以著其義，以考其信，著有過，刑仁，講讓，示民有常。如有不由此者，在埶者去，眾以為殃。是謂『小康』。」

大學（節錄） 《禮記》

大學之道：在明明德，在親民，在止於至善。知止而后有定，定而后能靜，靜而后能安，安而后能慮，慮而後能得。物有本末，事有終始，知所先后，則近道矣。

古之欲明明德於天下者，先治其國；欲治其國者，先齊其家；欲齊其家者，先修其身；欲修其身者，先正其心；欲正其心者，先誠其意；欲誠其意者，先致其知；致知在格物。物格而后知至，知至而后意誠，意誠而后後心正，心正而后身修，身修而后家齊，家齊而後國治，國治而后天下平。

燭之武退秦師　　《左傳》

晉侯秦伯圍鄭，以其無禮於晉，且貳於楚也。晉軍函陵，秦軍氾南。

佚之狐言於鄭伯曰：「國危矣！若使燭之武見秦君，師必退。」公從之。辭曰：「臣之壯也，猶不如人，今老矣，無能為也已。」公曰：「吾不能早用子，今急而求子，是寡人之過也。然鄭亡，子亦有不利焉。」許之。夜縋而出。

見秦伯曰：「秦、晉圍鄭，鄭既知亡矣。若亡鄭而有益於君，敢以煩執事；越國以鄙遠，君知其難也，焉用亡鄭以陪鄰？鄰之厚，君之薄也。若舍鄭以為東道主，行李之往來，共其乏困，君亦無所害。且君嘗為晉君賜矣，許君焦、瑕，朝濟而夕設版焉，君之所知也。夫晉何厭之有？既東封鄭，又欲肆其西封，若不闕秦，將焉取之？闕秦以利晉，唯君圖之！」

秦伯說。與鄭人盟。使杞子、逢孫、楊孫戍之，乃還。

子犯請擊之。公曰：「不可！微夫人之力不及此。因人之力而敝之，不仁；失其所與，不知；以亂易整，不武。吾其還也。」亦去之。

蘇秦為趙合縱說楚威王　《戰國策》

蘇秦為趙合從，說楚威王曰：「楚，天下之強國也。大王，天下之賢王也。楚地西有黔中、巫郡，東有夏州、海陽，南有洞庭、蒼梧，北有汾陘之塞、郇陽。地方五千里，帶甲百萬，車千乘，騎萬匹，粟支十年，此霸王之資也。夫以楚之強，與大王之賢，天下莫能當也。今乃欲西面而事秦，則諸侯莫不南面而朝於章臺之下矣。秦之所害，於天下莫如楚，楚強則秦弱，楚弱則秦強，此其勢不兩立。故為王至計，莫如從親以孤秦。大王不從親，秦必起兩軍：一軍出武關；一軍下黔中。若此，則鄢郢動矣。臣聞治之其未亂，為之其未有也；患至而後憂之，則無及已。故願大王之早計之。」

「大王誠能聽臣，臣請令山東之國，奉四時之獻，以承大王之明制，委社稷宗廟，練士厲兵，在大王之所用之。大王誠能聽臣之愚計，則韓魏齊燕趙衛之妙音美人，必充後宮矣。趙代良馬橐他，必實於外廄。故從合則楚王，橫成則秦帝。今釋霸王之業，而有事人之名，臣竊為大王不取也。」

「夫秦，虎狼之國也，有吞天下之心。秦，天下之仇讎也，橫人皆欲割諸侯之地以事秦，此所謂養仇而奉讎者也。夫為人臣而割其主之地，以外交強虎狼之秦，以侵天下，卒有秦患，不顧其禍。夫外挾強秦之威，以內劫其主，以求割地，大逆不忠，無過此者。故從親，則諸侯割地以事楚；橫合，則楚割地以事秦。此兩策者，相去遠矣，有億兆之數。兩者大王何居焉？故弊邑趙王，使臣效愚計，奉明約，在大王命之。」

楚王曰：「寡人之國，西與秦接境，秦有舉巴蜀、并漢中之心。秦，虎狼之國，不可親也。而韓、魏迫於秦患，不可與深謀，恐反人以入於秦，故謀未發而國已危矣。寡人自料，以楚當秦，未見勝焉。內與群臣謀，不足恃也。寡人臥不安席，食不甘味，心搖搖如懸旌，而無所終薄。今君欲一天下，安諸侯，存危國，寡人謹奉社稷以從。」

晏子僕御（節錄）　晏子

晏子為齊相，出。其御之妻從門間而闚，其夫為相御，擁大蓋，策駟馬，意氣揚揚，甚自得也。既而歸，其妻請去。夫問其故。妻曰：「晏子長不滿六尺，相齊國，名顯諸侯。今者妾觀其出，志念深矣，常有以自下者。今子長八尺，迺為人僕御；然子之意，自以為足，妾是以求去也。」

其後，夫自抑損。晏子怪而問之，御以實對，晏子薦以為大夫。

論語•學而篇

孔子

子曰：「學而時習之，不亦説乎？有朋自遠方來，不亦樂乎？人不知而不慍，不亦君子乎？」

有子曰：「其為人也孝弟，而好犯上者，鮮矣；不好犯上，而好作亂者，未之有也。君子務本，本立而道生。孝弟也者，其為仁之本與！」

子曰：「巧言令色，鮮矣仁！」

曾子曰：「吾日三省吾身——為人謀而不忠乎？與朋友交而不信乎？傳不習乎？」

子曰：「道千乘之國，敬事而信，節用而愛人，使民以時。」

子曰：「弟子，入則孝，出則悌，謹而信，汎愛眾，而親仁。行有餘力，則以學文。」

子夏曰：「賢賢易色；事父母能竭其力；事君能致其身；與朋友交，言而有信。雖曰未學，吾必謂之學矣。」

子曰：「君子不重則不威；學則不固。主忠信。無友不如己者。過則勿憚改。」

曾子曰：「慎終追遠，民德歸厚矣。」

子禽問於子貢曰：「夫子至於是邦也，必聞其政，求之與？抑與之與？」子貢曰：「夫子溫、良、恭、儉、讓以得之。夫子之求之也，其諸異乎人之求之與？」

子曰：「父在，觀其志；父沒，觀其行；三年無改於父之道，可謂孝矣。」

有子曰：「禮之用，和為貴。先王之道，斯為美；小大由之。有所不行，知和而和，不以禮節之，亦不可行也。」

有子曰：「信近於義，言可復也。恭近於禮，遠恥辱也。因不失其親，亦可宗也。」

子曰：「君子食無求飽，居無求安，敏於事而慎於言，就有道而正焉，可謂好學也已。」

子貢曰：「貧而無諂，富而無驕，何如？」子曰：「可也；未若貧而樂，富而好禮者也。」

子貢曰：「《詩》云：『如切如磋，如琢如磨』，其斯之謂與？」子曰：「賜也，始可與言《詩》已矣，告諸往而知來者。」

子曰：「不患人之不己知，患不知人也。」

論語•論學　　孔子

子曰：「學而時習之，不亦說乎？有朋自遠方來，不亦樂乎？人不知而不慍，不亦君子乎？」（《學而》第一）

子曰：「學而不思則罔，思而不學則殆。」（《為政》第二）

子曰：「學如不及，猶恐失之。」（《泰伯》第八）

孔子曰：「生而知之者上也；學而知之者次也；困而學之，又其次也；困而不學，民斯為下矣。」（《季氏》第十六）

子曰：「由也！女聞六言六蔽矣乎？」

對曰：「未也。」

「居！吾語女：好仁不好學，其蔽也愚；好知不好學，其蔽也蕩；好信不好學，其蔽也賊；好直不好學，其蔽也絞；好勇不好學，其蔽也亂；好剛不好學，其蔽也狂。」（《陽貨》第十七）

子夏曰：「博學而篤志，切問而近思，仁在其中矣。」（《子張》第十九）

論語•論仁　　孔子

子曰：「不仁者，不可以久處約，不可以長處樂。仁者安仁，知者利仁。」

（《里仁》第四）

子曰：「富與貴，是人之所欲也；不以其道得之，不處也。貧與賤，是人之所惡也；不以其道得之，不去也。君子去仁，惡乎成名？君子無終食之間違仁，造次必於是，顛沛必於是。」

（《里仁》第四）

顏淵問仁。子曰：「克己復禮為仁。一日克己復禮，天下歸仁焉。為仁由己，而由人乎哉？」

顏淵曰：「請問其目。」子曰：「非禮勿視，非禮勿聽，非禮勿言，非禮勿動。」

顏淵曰：「回雖不敏，請事斯語矣。」

（《顏淵》第十二）

子曰：「志士仁人，無求生以害仁，有殺身以成仁。

（《衛靈公》第十五）

論語・論孝

孔子

孟懿子問孝。子曰：「無違。」

樊遲御，子告之曰：「孟孫問孝於我，我對曰，無違。」

樊遲曰：「何謂也？」

子曰：「生事之以禮；死葬之以禮，祭之以禮。」

（《為政》第二）

子游問孝。子曰：「今之孝者，是謂能養。至於犬馬，皆能有養；不敬，何以別乎！」

（《為政》第二）

子曰：「事父母幾諫，見志不從，又敬不違，勞而不怨。」

（《里仁》第四）

子曰：「父母之年，不可不知也。一則以喜，一則以懼。」

（《里仁》第四）

論語•論君子　　孔子

子曰：「君子不重則不威；學則不固。主忠信，無友不如己者。過則勿憚改。」（《學而》第一）

子曰：「君子坦蕩蕩，小人長戚戚。」（《述而》第七）

司馬牛問君子。子曰：「君子不憂不懼。」曰：「不憂不懼，斯謂之君子矣乎？」子曰：「內省不疚，夫何憂何懼？」（《顏淵》第十二）

子曰：「君子成人之美，不成人之惡。小人反是。」（《顏淵》第十二）

子曰：「君子恥其言而過其行。」（《憲問》第十四）

子曰：「君子義以為質，禮以行之，孫以出之，信以成之。君子哉！」（《衛靈公》第十五）

子曰：「君子病無能焉，不病人之不己知也。」（《衛靈公》第十五）

子曰：「君子求諸己，小人求諸人。」（《衛靈公》第十五）

愚公移山　　列子

太形、王屋二山，方七百里，高萬仞，本在冀州之南，河陽之北。北山愚公者，年且九十，面山而居。懲山北之塞，出入之迂也，聚室而謀，曰：「吾與汝畢力平險，指通豫南，達於漢陰，可乎？」雜然相許。

其妻疑之，曰：「以君之力，曾不能損魁父之丘，如太形、王屋何？且焉置土石？」雜曰：「投諸渤海之尾，隱土之北。」遂率子孫，荷擔者三夫，叩石墾壤，以箕畚運於渤海之尾。鄰人京城氏之孀妻有遺男，始齔，跳往助之。寒暑易節，始一反焉。

河曲智叟笑而止之，曰：「甚矣，汝之不惠！以殘年餘力，曾不能毀山之一毛，其如土石何？」北山愚公長歎曰：「汝心之固，固不可徹，曾不若孀妻、弱子！我雖死，有子存焉；子又生孫，孫又生子；子又有子，子又有孫；子子孫孫，無窮匱也；而山不加增，何苦而不平？」河曲智叟亡以應。

操蛇之神聞之，懼其不已也，告之於帝。帝感其誠，命夸娥氏二子負二山，一厝朔東，一厝雍南。自是，冀之南，漢之陰，無隴斷焉。

逍遙遊（節錄）　　莊子

惠子謂莊子曰：「魏王貽我大瓠之種，我樹之成而實五石。以盛水漿，其堅不能自舉也。剖之以為瓢，則瓠落無所容。非不呺然大也，吾為其無用而掊之。」莊子曰：「夫子固拙於用大矣！宋人有善為不龜手之藥者，世世以洴澼絖為事。客聞之，請買其方百金。聚族而謀曰：『我世世為洴澼絖，不過數金；今一朝而鬻技百金，請與之。』客得之，以說吳王。越有難，吳王使之將，冬與越人水戰，大敗越人，裂地而封之。能不龜手一也；或以封，或不免於洴澼絖，則所用之異也。今子有五石之瓠，何不慮以為大樽而浮於江湖，而憂其瓠落無所容，則夫子猶有蓬之心也夫！」

惠子謂莊子曰：「吾有大樹，人謂之樗；其大本擁腫而不中繩墨，其小枝卷曲而不中規矩。立之塗，匠者不顧。今子之言，大而無用，眾所同去也。」莊子曰：「子獨不見狸狌乎？卑身而伏，以候敖者；東西跳梁，不辟高下，中於機辟，死於罔罟。今夫斄牛，其大若垂天之雲；此能為大矣，而不能執鼠。今子有大樹，患其無用，何不樹之於無何有之鄉，廣莫之野，彷徨乎無為其側，逍遙乎寢臥其下；不夭斤斧，物無害者。無所可用，安所困苦哉？」

庖丁解牛　　莊子

吾生也有涯，而知也無涯；以有涯隨無涯，殆已！已而為知者，殆而已矣。為善無近名，為惡無近刑；緣督以為經，可以保身，可以全生，可以養親，可以盡年。

庖丁為文惠君解牛，手之所觸，肩之所倚，足之所履，膝之所踦，砉然嚮然，奏刀騞然，莫不中音；合於桑林之舞，乃中經首之會。文惠君曰：「譆，善哉！技蓋至此乎？」庖丁釋刀對曰：「臣之所好者，道也，進乎技矣。始臣之解牛之時，所見無非牛者；三年之後，未嘗見全牛也。方今之時，臣以神遇而不以目視，官知止而神欲行。依乎天理，批大郤，導大窾，因其固然；技經肯綮之未嘗，而況大軱乎！良庖歲更刀，割也；族庖月更刀，折也。今臣之刀十九年矣，所解數千牛矣，而刀刃若新發於硎。彼節者有間，而刀刃者無厚；以無厚入有間，恢恢乎其於遊刃必有餘地矣！是以十九年而刀刃若新發於硎。雖然，每至於族，吾見其難為；怵然為戒，視為止，行為遲，動刀甚微，謋然已解，如土委地。提刀而立，為之四顧，為之躊躇滿志，善刀而藏之。」文惠君曰：「善哉！吾聞庖丁之言，得養生焉。」

魚我所欲也　　孟子

孟子曰：「魚，我所欲也，熊掌，亦我所欲也；二者不可得兼，舍魚而取熊掌者也。生，亦我所欲也，義，亦我所欲也；二者不可得兼，舍生而取義者也。生亦我所欲，所欲有甚於生者，故不為苟得也；死亦我所惡，所惡有甚於死者，故患有所不辟也。如使人之所欲莫甚於生，則凡可以得生者，何不用也？使人之所惡莫甚於死者，則凡可以辟患者，何不為也？由是則生而有不用也，由是則可以辟患而有不為也。是故，所欲有甚於生者，所惡有甚於死者；非獨賢者有是心也，人皆有之，賢者能勿喪耳。一簞食，一豆羹，得之則生，弗得則死。嘑爾而與之，行道之人弗受；蹴爾而與之，乞人不屑也。萬鍾則不辨禮義而受之，萬鍾於我何加焉？為宮室之美、妻妾之奉、所識窮乏者得我與？鄉為身死而不受，今為宮室之美為之；鄉為身死而不受，今為妻妾之奉為之；鄉為身死而不受，今為所識窮乏者得我而為之，是亦不可以已乎？此之謂失其本心。」

寡人願安承教　　孟子

梁惠王曰：「寡人願安承教。」

孟子對曰：「殺人以梃與刃，有以異乎？」

曰：「無以異也。」

「以刃與政，有以異乎？」

曰：「無以異也。」

曰：「庖有肥肉，廄有肥馬，民有飢色，野有餓莩，此率獸而食人也。獸相食，且人惡之；為民父母行政，不免於率獸而食人，惡在其為民父母也？仲尼曰：『始作俑者，其無後乎！』為其象人而用之也。如之何其使斯民飢而死也？」

梁惠王曰：「晉國，天下莫強焉，叟之所知也。及寡人之身，東敗於齊，長子死焉；西喪地於秦七百里；南辱於楚。寡人恥之，願比死者壹洒之，如之何則可？」孟子對曰：「地方百里而可以王。王如施仁政於民，省刑罰，薄稅斂，深耕易耨，壯者以暇日，修其孝悌忠信，入以事其父兄，出以事其長上，可使制梃以撻秦楚之堅甲利兵矣。彼奪其民時，使不得耕耨，以養其父母，父母凍餓，兄弟妻子離散。彼陷溺其民，王往而征之，夫誰與王敵？故曰：『仁者無敵。』王請勿疑！」

九歌・山鬼

屈原

若有人兮山之阿，被薜荔兮帶女羅。
既含睇兮又宜笑，子慕予兮善窈窕。
乘赤豹兮從文狸，辛夷車兮結桂旗。
被石蘭兮帶杜衡，折芳馨兮遺所思。
余處幽篁兮終不見天，路險難兮獨後來。
表獨立兮山之上，雲容容兮而在下。
杳冥冥兮羌晝晦，東風飄兮神靈雨。
留靈脩兮憺忘歸，歲既晏兮孰華予。
采三秀兮於山間，石磊磊兮葛蔓蔓。
怨公子兮悵忘歸，君思我兮不得閒。
山中人兮芳杜若，飲石泉兮蔭松柏。
君思我兮然疑作。
靁填填兮雨冥冥，猨啾啾兮又夜鳴。
風颯颯兮木蕭蕭，思公子兮徒離憂。

勸學（節錄）

荀子

君子曰：學不可以已。青，取之於藍，而青於藍；冰，水為之，而寒於水。木直中繩，輮以為輪，其曲中規，雖有槁暴、不復挺者，輮使之然也。故木受繩則直，金就礪則利，君子博學而日參省乎己，則知明而行無過矣。

吾嘗終日而思矣，不如須臾之所學也；吾嘗跂而望矣，不如登高之博見也。登高而招，臂非加長也，而見者遠。順風而呼，聲非加疾也，而聞者彰。假輿馬者，非利足也，而致千里；假舟楫者，非能水也，而絕江河。君子生非異也，善假於物也。

積土成山，風雨興焉；積水成淵，蛟龍生焉；積善成德，而神明自得，聖心備焉。故不積跬步，無以至千里；不積小流，無以成江海。騏驥一躍，不能十步；駑馬十駕，功在不舍。鍥而舍之，朽木不折；鍥而不舍，金石可鏤。

螾無爪牙之利，筋骨之強，上食埃土，下飲黃泉，用心一也。蟹六跪而二螯，非蛇蟺之穴無可寄託者，用心躁也。

諫逐客書

李斯

臣聞吏議逐客，竊以為過矣。

昔繆公求士，西取由余於戎，東得百里奚於宛，迎蹇叔於宋，來丕豹、公孫支於晉。此五子者，不產於秦而繆公用之，拜國二十，遂霸西戎。孝公用商鞅之法，移風易俗，民以殷盛，國以富彊；百姓樂用，諸侯親服；獲楚魏之師，舉地千里，至今治彊。惠王用張儀之計，拔三川之地，西 巴蜀，北收上郡，南取漢中，包九夷，制鄢郢，東據成皋之險，割膏腴之壤；遂散六國之從，使之西面事秦，功施到今。昭王得范雎，廢穰侯，逐華陽，彊公室，杜私門；蠶食諸侯，使秦成帝業。此四君者，皆以客之功。由此觀之，客何負於秦哉？向使四君卻客而不納，疏士而不用，是使國無富利之實，而秦無彊大之名也。

今陛下致昆山之玉，有隨和之寶，垂明月之珠，服太阿之劍，乘纖離之馬，建翠鳳之旗，樹靈鼉之鼓。此數寶者，秦不生一焉，而陛下説之，何也？必秦國之所生然後可，則是夜光之璧不飾朝廷，犀象之器不為玩好，鄭衞之女不充後宮，而駿良駃騠不實外廄，江南金錫不為用，西蜀丹青不為采。所以飾後宮、充下陳、娛心意、説耳目者，必出於秦然後可，則是宛珠之簪、傅璣之珥，阿縞之衣、錦繡之飾，不進於前，而隨俗雅化、佳冶窈窕，趙女不立於側也。夫擊甕叩缻，彈箏搏髀，而歌呼嗚嗚快耳者，真秦之聲也；鄭衞桑間，昭虞武象者，異國之樂也。今棄擊甕叩缻而就鄭衞，退彈箏而取昭虞，若是者何也？快意當前，適觀而已矣。今取人則不然！不問可否，不論曲直，非秦者去，為客者逐。然則是所重者在乎色樂珠玉，而所輕者在乎人民也。此非所以跨海內、制諸侯之術也。

臣聞地廣者粟多，國大者人眾，兵彊則士勇。是以太山不讓土壤，故能成其大；河海不擇細流，故能就其深；王者不卻眾庶，故能明其德。是以地無四方，民無異國，四時充美，鬼神降福：此五帝三王之所以無敵也。今乃棄黔首以資敵國，卻賓客以業諸侯，使天下之士退而不敢西向，裹足不入秦；此所謂藉寇兵而齎盜糧者也。

夫物不產於秦，可寶者多；士不產於秦，而願忠者眾。今逐客以資敵國，損民以益讎，內自虛而外樹怨於諸侯；求國無危，不可得也。

女媧補天（節錄）　　《淮南子》

往古之時，四極廢，九州裂，天不兼覆，墜不周載。火爁焱而不滅，水浩溔而不息。猛獸食顓民，鷙鳥攫老弱。於是女媧鍊五色石以補蒼天，斷鼇足以立四極，殺黑龍以濟冀州，積蘆灰以止淫水。蒼天補，四極正，淫水涸，冀州平，狡蟲死，顓民生。